Prügel, Knast und Ekkes Bräute

Ein Bericht aus der Wirklichkeit in der
Edition BoD
hrsg. von Vito von Eichborn

Lothar
Berg # Prügel,
Knast und
Ekkes Bräute

Die Lebensgeschichte des
Ausbrecherkönigs
Eckehard Lehmann

Edition BoD

Bücher für Entdecker

Books on Demand bietet Autoren ein neues Verlagskonzept. Viele Debütanten, etablierte Autoren und engagierte Verleger nutzen den Publikationsservice von Books on Demand und bereichern den Buchmarkt mit interessanten und außergewöhnlichen Titeln. Vito von Eichborn, einer der innovativsten Buchmacher Deutschlands, wählt als Herausgeber für die Edition BoD herausragende Neuerscheinungen aus. Lesen Sie selbst, welche Entdeckungen das Programm von Books on Demand möglich macht.

Mehr Infos auch auf www.bod.de.

Lothar Berg wurde 1951 im Kohlenpott geboren. Früh wurde er mit dem „Milieu" bekannt und begann seine kriminelle Karriere, die ihm einige Jahre Haft einbrachte. 1978 beschloss er, die „andere Seite" zu probieren. Nach Jahren harter Akkordarbeit im Tiefbau gründete er 1983 ein eigenes Fuhrunternehmen, das er bis 2004 betrieb. Seit 1999 ist das Schreiben seine Leidenschaft und sein Beruf. Eckehard Lehmann kennt er seit über 30 Jahren. Zahlreiche Gespräche bildeten die Grundlage für die Veröffentlichung von Lehmanns Lebensgeschichte.

Eckehard Lehmann, bekannt geworden als „Ausbrecherkönig", erliegt früh dem Druck der Schlagzeilen, die ihn mit jedem neuen Bericht immer mehr zum Rebellen stempeln. Geprägt von den Ansprüchen, stets Mut, Loyalität und Ehre zu verkörpern, vergisst er seine eigene Entwicklung und verschwendet seine vielen Talente. Als er das begreift, ist es zu spät; er ist ein gebrandmarkter Straftäter und gilt als unverbesserlich. Heute versucht er, sein Leben in Ruhe und Anstand zu leben. „Prügel, Knast und Ekkes Bräute" gibt nun seine Sicht der Dinge wieder.

Vito von Eichborn war Journalist, dann Lektor im S. Fischer Verlag, bevor er 1980 den Eichborn Verlag gründete, dessen Programm noch heute ein breites Spektrum umfasst: Humor, Kochbücher und Ratgeber, Sachbücher aller Art, klassische und moderne Literatur sowie die Andere Bibliothek. Nach seinem Ausstieg im Jahre 1995 war er u.a. Geschäftsführer bei Rotbuch/Europäische Verlagsanstalt und sechs Jahre Verleger des Europa-Verlags. Seit 2005 ist Vito von Eichborn selbständig als Publizist tätig und fungiert u.a. seit März 2006 als Herausgeber der Edition BoD.

Inhaltsverzeichnis

Meine Buchhändlerin sagte mir, „ja", sagte sie … 7

Wie alles begann 11

Der Ausbrecherkönig 29

Im Drogensumpf 55

Skandinavisches Intermezzo 75

Abstürze 93

Die Polizistin 111

Die Legende 129

Ein letztes Mal 149

Meine Buchhändlerin sagte mir, „ja", sagte sie ...

J a, Lebensgeschichten sind immer interessant, aber eigentlich wohl eher von Frauen", sie war mit mir zu einem Regal mit Frauenbüchern gegangen, „seit Mahmoody gibt's eine Welle von ‚Schleierbüchern', wie wir sie nennen. Das sind Identifikationsbücher, Erlebnisse von westlichen Frauen mit arabischen Männern und von arabischen Frauen, die im Westen ankommen."

„Ja, aber sind doch alles nur Beziehungskisten im Orient", wandte ich ein, „was der hier erlebt, Ekke, das ist hartes Männerdasein."

„Was, ohne Frauen? Keine Chance", meinte sie. „Andererseits – es ist ja richtig, dass diese oft reichlich kitschigen Frauenschicksale etwas totgeritten wurden, die gehen auch nicht mehr so. Und vielleicht könnten gerade Frauen sich mal wieder für Männergeschichten interessieren. In der Gesellschaft gibt's ja auch gerade den Trend, dass die Geschlechter sich mal wieder auf ihre Eigenarten besinnen, statt sich gegenseitig nachzumachen. Da gibt's auch neue Frauenbücher, selbstbewusst, aber antifeministisch. Und Männer dürfen auch wieder Männer sein statt androgyn."

„Na ja, aber dies ist noch ganz was anderes – und, wie ich finde, sehr notwendig. Ekkes Leben dient sicherlich nicht zur Identifikation, weder für Leserinnen noch für Männer. Ekke wurde als Kind geprügelt, dann hat er sich selbst buchstäblich durchgeschlagen, sitzt immer wieder im Knast. Das ist keine Frauen-Trendliteratur und Kitsch schon gar nicht – das ist schlicht die Wirklichkeit von nebenan."

„Und Frauen gibt's nicht?", fragte meine Buchhändlerin skeptisch.

„Doch, natürlich gibt es Frauen, und wie, sie sind der rote Faden in seinem Leben. Aber auch die sind sicherlich nicht als Spiegel für deine Leserinnen geeignet. Dies sind Frauen, die gerade diesen harten Ekke schätzen, die selbst am Rand der Gesellschaft leben. Und Ekke braucht sie geradezu, sie helfen ihm. Auch erotisch geht's hier zur Sache. Dies ist nix für Eskapismus aus dem Alltag. Wenn ich so überlege, ja, dies schildert, wie deine Schleierbücher, auch eine völlig fremde Welt für den Durchschnittsbürger. Dies ist auch eine Dritte Welt, nur gibt es sie in jeder deutschen Großstadt.

Ekke heiratet sogar. Dann ist er draußen – doch seine Frau ist drogensüchtig, er verprügelt sie. Und er erwischt sie buchstäblich mit einem farbigen Liebhaber. Die Kinder, drei und vier Jahre alt, sind vernachlässigt und werden weggegeben.

Nein, das ist nicht Sozialromantik, hier argumentiert kein Dichter mit seinem Zeigefinger."

Nun guckte meine Buchhändlerin ganz ernst. „Ach so, da war ich ja wirklich auf dem Holzpfad mit den Schmonzgeschichten. Ja, ich denke, auch das kann eine Chance haben. Das gehört in das breite Feld von realistischer Literatur, die als Folie für das Begreifen unserer Gegenwart dient. Gib doch mal her", und sie nahm mir das Buch aus der Hand, „wie ist das denn geschrieben?"

„Das ist direkt und unverstellt. Nein, das ist nicht literarisiert. Auch wenn manche Geschehnisse romanhaft wirken, auch wenn es zahlreiche Verfolgungsjagden wie im Kino gibt. Und die Frauen sind keine romantischen Figuren, genauso wie der Sex kaum zärtlich, sondern meist brutal ist. Das ist kein Buch für Voyeure, auch wenn es drastisch wird. Und doch, nach insgesamt über zwanzig Jahren im Knast wartet wieder eine Frau auf ihn, die er geprügelt hat und die ihn liebt, als Ekke zum x-ten Mal rauskommt ..."

Ich brach ab. Während ich sprach, hatte meine Buchhändlerin hier und da geblättert; es ist mir schleierhaft, wie sie gleichzeitig zuhören und mit dem Suchblick Inhalte erfassen kann. Jedenfalls meinte sie: „Das ist ungewöhnlich, bei aller Härte wirkt es authentisch, das muss ich heute Abend ganz lesen. Ich werde es meinen Leserinnen aus dem Fach Ergriffenheit empfehlen. Nein, nein, reinlegen darf ich meine Kunden nicht, das würden sie zu Recht übelnehmen, ich werde ihnen ehrlich sagen: Wenn du dich wirklich für Schicksale interessierst – dann lies mal eins aus unserer Wirklichkeit."

Dies empfiehlt auch
Vito von Eichborn

PS: Ist ein Filmemacher unter den Lesern? Na, ist das nicht ein stärkerer Plot als viele Romane? Bitte bei BoD melden ...

Wie alles begann

Das Rauschen der Toilettenspülung beendete nur einen weiteren Abschnitt im Leben von Eckehard „Ekke" Lehmann. Er hatte noch ein letztes Mal mit Verachtung den Schnipseln der Mitteilung hinterhergespuckt. Auch hier in der Zelle würde ihn die Antwort auf das Gnadengesuch nicht weich kochen:

> *„Nach Anhörung des vom Abgeordnetenhaus von Berlin gewählten Gnadenausschusses haben wir uns nicht in der Lage gesehen, einen Gnadenerweis zu erteilen.*
> *Diese Entscheidung ergeht aufgrund der uns durch Senatsbeschluss Nr. 2265/87 vom 29. September 1987 erteilten Ermächtigung.*
> *Hochachtungsvoll, die Senatsverwaltung für Justiz."*

Nach 23 Jahren Hafterfahrung konnte ihn diese Nachricht nicht kratzen. Das Gnadengesuch war auf Initiative seiner

Frau ergangen. Um Gnade bitten, winseln oder flehen kam für Eckehard Lehmann nicht in Frage. Seine Prinzipien, seine jahrzehntelange Auseinandersetzung mit der „anderen" Seite ließen diesen Schritt nicht zu. Der Fluch des eigenen Mythos zwang ihn dazu, sich nicht zu beugen.

Eckehard Lehmann war trotz seiner 45 Jahre den meisten Jüngeren noch immer an Kraft weit überlegen. Sein Körper, über und über tätowiert, seine prankenartigen Hände, die stahlblauen Augen und eine Körpergröße von 1,92 Meter stellten klar: Hier stand eine Mensch gewordene Ladung Dynamit. Natürlich hatte der Zahn der Zeit auch an ihm genagt. Aber sein Ruf ließ ihn nicht zur Ruhe zu kommen. Er fühlte sich ihm verpflichtet. Die Entbehrungen und der Kampf von Kindheit an hatten sein Gesicht gezeichnet. Seine Kraft und sein Überlebenswille hatten ihn unempfindlich gegen alle Anfeindungen und Qualen gemacht. Hass war sein Motor und sein bester Freund. Für Ruhe und Besinnung war nie Zeit gewesen.

Die harten Jahre hatten ihren Preis gefordert. Nicht zuletzt auch seine schlechte Ernährung, ein ausschweifendes Leben, Nikotin und Alkohol hatten dazu beigetragen, dass dieser Mann, der keinen Kampf ausgelassen hatte, ein leichtes Opfer für Krankheiten geworden war. Sein Immunsystem war „für'n Arsch", wie Eckehard Lehmann sagen würde. Jede noch so kleine Verletzung seiner Haut führte zu Entzündungen oder gar zu Blutvergiftungen. Vor einigen Jahren hatte er eine bakterielle Meningitis nur knapp überlebt und wurde seitdem von Kopfschmerzen und Sehstörungen geplagt. Die Haare dünner geworden, die oft gebrochene Nase stach aus dem hageren Gesicht fleischig hervor.

Die äußerliche Fassade dieses Körpers war vernarbt, doch es gab auch ein inneres Leben. Was würde ihn noch alles erwarten?

Eckehard Lehmann wurde als Sohn eines preußischen Laien-richters im Oktober 1946 in Berlin geboren. Er hatte noch fünf Geschwister – drei Brüder und zwei Schwestern. Der damals schon über 50 Jahre alte Vater war vernarrt in den preußischen Drill. Seine drastischen Erziehungsmethoden gipfelten in men-schenverachtenden Strafen. Alles stand unter dem Primat der Disziplinierung und des unbedingten Gehorsams. Der abend-liche Appell in Orgelpfeifenaufstellung war ein Ritual. Die zwanghafte Demonstration seiner Vorzeigefamilie sollte sein Ansehen bei den Nachbarn erhöhen.

Für ihn sprach allerdings, dass er mit Beziehungen und Orga-nisationstalent alles für seine Familie tat. An erster Stelle stan-den Frau und Kinder, dann erst kam er selbst. Die Jungen waren unterschiedlicher Natur. Eckehard war der härteste von ihnen. Er war geradeaus, unerschrocken und wissbegierig. Alles sog er in sich auf und überraschte seine Umwelt oft mit viel Witz und Schläue. Das waren für den Vater Eigenschaften, die er fördern wollte. Im Laufe der Jahre erweckte er durch seine autoritäre Er-ziehung in dem jungen Eckehard aber nur mehr Widerstand.

Dem stand der Sinn eher nach freier Entfaltung. Lehmann senior. spürte, dass der Sohn ihm zu entgleiten drohte und damit seine Macht. Also griff er zu einem radikalen Mittel: Prügel-strafe.

Angst beherrschte von nun an das Leben des kleinen Eckehard. Nur wenig erfuhr die Außenwelt von den Tragödien im Hause Lehmann. Schutzlos und machtlos war auch Eckehards Mutter dem Tyrannen ausgeliefert. Wenn sie es wagte, ihren Sohn in Schutz zu nehmen, setzte es Schläge. Eine beliebte Methode des Vaters war es, Eckehard mit dem Bauch nach unten auf den Küchentisch zu fesseln, um ihn mit einem Gartenschlauch oder mit Weidenruten bis zur Bewusstlosigkeit zu prügeln. Je mehr Eckehard schrie, desto heftiger schlug sein Vater zu. Damals lernte er, Schmerzen stumm zu ertragen. Der damals Elfjährige konnte tagelang weder sitzen noch liegen. Lehmann senior war mit einem Polizeihauptmeister befreundet, der ihn in seinen Erziehungsmethoden bestärkte. Der Grundstein für Eckehards Polizistenhass war damit gelegt.

So war diese Jugend geprägt von Kampf und Qualen. Nicht selten verhängte sein Vater Kellerhaft. Eckehard wurde in einem dunklen Raum mit den Füßen angekettet und verbrachte ungewisse Zeit ohne Essen und Trinken in stickiger Luft. Niemand hatte Zugang. Seine Notdurft musste er in die eigene Hose erledigen.

Schlägereien mit Gleichaltrigen durfte Eckehard nur als Sieger beenden, „Verlieren" zog Strafe nach sich. Natürlich hatte er auch besonders gute Schulnoten abzuliefern. Um ihn zu „fördern", musste er oft nachts strammstehen. Wenn er eine Frage falsch beantwortete, gab es Schläge. Nach dem täglichen Schulbesuch standen Arbeiten wie Kohlenschippen am Güterbahnhof oder Wasserschleppen an.

Oft musste der Junge zusehen, wie der Vater sich mit der Haushälterin vergnügte. Und die sexuellen Perversionen von Lehmann senior machten auch vor dem erst zwölfjährigen Eckehard nicht Halt. Er steckte ihm einen Stock in den After oder ließ ihn weiblichen Urin aus dem Nachttopf lecken.

Zur guten Ernährung im Hause Lehmann gehörte es, dass Eckehard öfters einen halben Liter frisches Ochsenblut trinken und rohes Fleisch essen musste. Der Knabe war trotz seiner zwölf Jahre bereits ein stattliches Mannsbild. So kam, was kommen musste. Eines Tages wollte die Haushälterin Eckehard in der Küche ans Geschlecht. Lehmann senior überraschte die beiden. In Panik verbarrikadierte sich der Junge auf der Toilette. Der cholerische Lehmann begann, mit einem Beil die Tür zu zertrümmern. Obwohl das Fenster vergittert war, gelang es ihm, sich durchzuzwängen. Gerade rechtzeitig, denn die Tür zersplitterte in dem Moment. Der Vater hetzte jedoch seine Hunde, einen scharfen Dobermann und einen Rottweiler, auf ihn. Die Bestien fielen über Eckehard her. Sein Vater aber rief die Hunde nicht zurück, sondern brüllte nur: „Nie wieder läufst du mir weg!" Wie von Sinnen hieb er mit der stumpfen Beilseite auf die Füße des Kindes ein. Beide Fersen wurden zertrümmert. Als Eckehard aus der Bewusstlosigkeit erwachte, lag er im Krankenhaus, die Füße in Gips. In einer stundenlangen und aufwändigen Operation mussten unzählige Knochensplitter entfernt werden.

Obwohl der behandelnde Arzt Anzeige erstattete, wurde Lehmann, der Laienrichter, nicht belangt. Eckehard schwieg aus Angst, alle anderen auch. Wie sollte er so je lernen und begreifen, was Gerechtigkeit ist? Sein Vater befand den Sohn für schwer erziehbar, aufsässig und gewalttätig. Also wurde Eckehard in ein Heim gesteckt. Der Tag, an dem ihn Vater und Mutter wie ein lästiges Etwas im Hauptkinderheim Ruhleben abgaben, hinterließ eine weitere Brandmarke auf seiner wunden Seele.

Der erste geschlossene Gewahrsam. Doch er erlebte hier eine Überraschung. Sein Vater hatte die Heimleitung dazu angehalten, ihm Disziplin und Ordnungssinn mit dem Stock beizubringen, seinem Ungehorsam mit Härte zu begegnen – man trat ihm aber mit Verständnis entgegen, kümmerte sich um ihn. Er lernte Prinzipien wie Kameradschaft und Zusammenhalt kennen, auch Achtung und Respekt waren ihm bisher eher unbekannt gewesen. Stolz und Ehre erschienen ihm in einem anderen Licht. Sein Wort geben und halten wurde wichtig.

Das alles aber half der kranken Seele nicht. Er war es gewohnt, sich zu widersetzen, um sich zu behaupten. Sein Überlebenswille hatte ihn gelehrt, sich nie zu fügen, immer zu agieren, nie zu reagieren. So kam es zu seiner ersten Flucht aus einer geschlossenen Anstalt. Während einer Sportstunde setzte er sich in den Grunewald ab, obwohl er nur mit einer Art Nachthemd bekleidet war. Er irrte bis in die folgende Nacht umher. Im geteilten Berlin war der Grunewald das Revier der Amerikaner. Manöver und Nachtcamps fanden hier statt. So war es nicht verwunderlich, dass er plötzlich Panzer grollen hörte. Die rollenden Festungen machten ihm solche Angst, dass er sich in einem Gebüsch versteckte. Aber man hatte ihn schon gesehen. Hinter ihm teilten sich die Büsche, ein schwarzes Gesicht kam zum Vorschein und eine Hand ergriff ihn. „Hey boy, what are you doing here?" Der GI nahm ihn mit ins Camp. Wegen seines hilflosen Aussehens wurde er von dem Trupp erst mal versorgt. Coke, Büchsenfleisch und ein Platz am Lagerfeuer gaben ihm ein Gefühl von Geborgenheit. In den Morgenstunden verabschiedete er sich.

Eckehard überlegte, welche Möglichkeiten er jetzt hatte: Ins Heim oder nach Hause. Beides kam nicht in Frage. Glücklicherweise fiel ihm eine Tante ein, die ebenfalls in Berlin lebte. Er brauchte den ganzen Tag, bis er ausgelaugt und völlig erschöpft an ihrer Tür klingelte.

Tante Erna hatte keine Ahnung von den Zuständen im Hause Lehmann. Sie sah nur einen seltsam gekleideten, dreckigen und erschöpften Jungen vor sich. Erst ein heißes Wannenbad, dann eine Pfanne mit Eiern und Speck und zum Schluss ein warmes Bett. Natürlich hörte sie sich seine ganze Geschichte an. Nachdem Eckehard eingeschlafen war, dachte sie noch lange nach. Schließlich entschloss sie sich, den Ausreißer nach Hause zu bringen.

14 Tage nach seiner Heimeinweisung lebte Eckehard schon wieder unter der Fuchtel seines Vaters. Sein Widerstand und seine Aufsässigkeit hatten jedoch zugenommen. Er revoltierte mit schlechten schulischen Leistungen, mit Albernheiten und Prügeleien. All das hatte die gewohnte Erziehungsschiene zur Folge. Der Kreis schloss sich wieder.

Trotz all seiner Wut auf den Vater hatte er doch kein anderes Vorbild. So wuchs auch in ihm der Glauben an dieses männliche Ideal. Er war hin- und hergerissen zwischen Liebe und Hass, Nachahmung und Ablehnung, Zärtlichkeit und Rohheit. Dabei verlor er sich selbst. Das war der Moment, in dem Eckehard zu „Ekke" wurde.

Ekke war jetzt 14 Jahre alt, seine Energie, sein Hass und sein Überlebenswille hatten ihn nicht zerbrechen lassen. Unausweichlich war der Tag, an dem er sich gegen den Vater erhob. Wieder einmal war Züchtigung für eine Nichtigkeit angesagt. Ekke ballte die Faust und drosch sie dem Tyrannen in die verhasste Fratze. Er traf ihn am Kinn, sein Vater wankte, taumelte und fiel in einen Sessel. Der alte Lehmann wurde weiß: Ehrverlust, und was noch bedeutender war: Machtverlust.

Die Vormachtstellung des Vaters war dahin. Mit einem Schlag brach hier eine Welt zusammen. Mit demselben Schlag entstand aber auch eine neue. Nie, nie wieder würde Ekke sich jemandem unterwerfen, solange er noch einen Funken Leben in sich spürte. Nie, nie wieder würde er sich ohne Gegenwehr demütigen lassen, wer auch immer sein Gegner sein würde. Dass er danach in ein Heim eingewiesen wurde, berührte ihn nicht mehr. Die Bestie war frei. Er setzte sich durch, egal wie und gegen wen. Er lernte an Rohheiten und Gemeinheiten noch dazu.

Zu dieser Zeit gab es noch keine Resozialisierungsmaßnahmen in solchen Einrichtungen. Man war auf sich allein gestellt. Langeweile und gegenseitige Provokationen bestimmten den Tagesablauf. Zum Zeitvertreib drangen die Jungen gelegentlich in das benachbarte Obdachlosenheim ein, terrorisierten die Insassen, tranken deren Fusel und trieben mancherlei perverse Spielchen mit den Frauen, die dort wohnten.

Wer etwas auf sich hielt, war tätowiert. Das machte man damals noch mit zusammengebundenen Nähnadeln. Farbe gewann man aus roten, zerriebenen Ziegeln oder aus verbranntem

Gummi. Je nachdem, wo man tätowiert wurde, konnte das schon eine harte Sache sein. Die Nadeln wurden tief in die Haut gestoßen und leicht angerissen. Als Desinfektionsmittel diente der eigene Urin. Was übrigens wirklich half.

Seine Eltern hatten sich inzwischen getrennt. Das berührte ihn aber alles nicht mehr.

Das Schicksal spinnt manchmal seltsame Fäden. Eines Tages fuhr Ekke, ohne einen Führerschein zu besitzen, mit dem Moped – bloß um zu überprüfen, ob eine Reparatur auch wirklich etwas gebracht hatte. Natürlich hielt ihn eine Polizeistreife an; natürlich hatte er keinen Führerschein; natürlich hatte er keine Anmeldung zur Prüfung. Eine Anzeige wegen Fahrens ohne Führerschein war die Folge. Ekkes erste Anzeige. Das Urteil war ungeheuerlich: sechs Monate Jugendstrafe im Gefängnis von Moabit.

„Das wirst du keine sieben Tage überleben!", dachte Ekke. Im Alter von 16 Jahren betrat er die Zelle. Sie waren hier zu sechst untergebracht, alle im Alter zwischen 16 und 21. Hochklappbare Betten und ein Tisch bildeten das ganze Mobiliar. Ein Kübel in der Ecke musste als Toilette dienen; im Krug daneben war das Waschwasser.

Der Eintönigkeit der Haft wurde nur einmal täglich für 30 Minuten unterbrochen, für die „Freistunde", auch „Hofgang" genannt. Im vorgeschriebenen Abstand und ohne sich unterhalten zu dürfen, brachte man diese halbe Stunde im Kreis gehend hinter sich. Der Kontakt zur Außenwelt war streng reglementiert: Strafen standen auf Unterhaltungen aus dem vergitterten Fenster und auf jede Art von Schwarzhandel. Nur eine DIN-A5-Seite pro Woche durfte die Gefängnismauern verlassen. Es gab noch keine Programme für Häftlinge: keine Arbeit, keine Bildung, keine Unterhaltung, keinen Sport.

Die Zeit verging unendlich träge. In den heißen Sommernächten deckte man sich mit angefeuchteten Bettlaken zu. Der Gestank aus Schweiß und Scheiße garantierte den Insassen Fliegenplagen. Wasser an, nass machen, Wasser aus, einseifen, Wasser an, abspülen, Wasser aus, fertig – das waren die fünf Minuten Erfrischung, die einmal wöchentlich gewährt wurden.

Schwule Annäherungsversuche zermürbten die Schwächeren oder Jüngeren tagaus, tagein. Es war die pure Erniedrigung. Jede Menschlichkeit ging einem hier verloren. Davon sprachen auch die unzähligen Selbstmordversuche. Für den 16-jährigen Ekke war dies die nächste Stufe in seinem persönlichen Alptraum. Das halbe Jahr stand in keinem auch nur annähernd angemessenen Verhältnis zu seinem Delikt. Aufs Tiefste verletzt, verlor er jegliches Vertrauen in die Gerechtigkeit der Justiz.

Nachdem er aus dem Gefängnis entlassen worden war, rappelte er sich auf und begann eine Lehre als Kfz-Mechaniker. Für Autos hatte er sich immer schon am meisten interessiert. So genannte „Testfahrten" auf dem Firmengelände und andere Kindereien kosteten ihn aber schnell wieder seinen Ausbildungsplatz. Es folgte eine Bäckerlehre. Ratten zu jagen war eine Sache, eine andere waren die Versuche, die er mit den toten Tieren anstellte – sehr zum Missfallen seines Meisters, der ihm kündigte. Er hatte sich die Chance auf ein geregeltes Leben verbaut. Sein Selbstvertrauen holte er sich von nun an bei Frauen und im Kräftemessen mit seinen Haftkollegen.

Es dämmerte, als er eines Abends mit einem Kumpel durch den Park lief. Der wollte auf einem öffentlichen Pissoir sein „Geschäft" erledigen und wurde dabei von einem Typen belästigt. Ekke fühlte sich in der Rolle des Retters und Helden natürlich wohl. Er setzte dem Flüchtenden nach, stellte ihn und schlug ihn nieder. Sein Kumpel machte mit.

Der Grabscher hatte sich bei seinem Fluchtversuch die Hose an einem Zaun zerrissen, seinen Ausweis und seine Geldbörse mit 2,50 Mark verloren. Ekkes Freund war bei der Aktion im Gesicht verletzt worden. Von seiner Mutter zur Rede gestellt, musste er ihr von dem Vorfall erzählen. Dann war es nur noch ein kurzer Weg zur Polizei und zur Selbstanzeige. Er erzählte auch von Ekke und stellte ihn als Haupttäter hin. Das „Opfer" hatte bereits Anzeige erstattet. Außer Prellungen und Platzwunden hatte er einen Kieferbruch davongetragen, sein Ausweis war weg und die Geldbörse verloren. Es war nur noch eine Frage von Stunden, bis Ekke von der Polizei wieder nach Moabit gebracht wurde.

„Wegen gemeinschaftlichen schweren Raubes in Tateinheit mit gefährlicher Körperverletzung: dreieinhalb Jahre ohne Bewährung."

Von Moabit aus wurde er in die Jugendstrafanstalt Plötzensee verlegt, die junge Straftäter bis zu ihrem 21. Lebensjahr beherbergte. Im Alter von 18 Jahren strotzte Ekke nur so vor Kraft und Energie. Die ausgetragenen sportlichen Vergleiche waren das ideale Forum für ihn. Er beeindruckte in den meisten Disziplinen: beim Laufen, Kugelstoßen oder im Weitsprung.

Stets zu Demonstrationen seiner Überlegenheit aufgelegt, machte es ihm großen Spaß, mit Hilfe eines Stuhls die Mauer anzuspringen, sich festzuhalten, hochzuziehen und oben sitzen zu bleiben. Die folgenden Strafen rührten ihn wenig. Seine Aggressivität und seine Kraft konnte er vollends ausleben, als der sportliche Leiter der Anstalt ihn zum Boxen brachte. Hier konnte er drauflosschlagen, ohne an Bestrafung denken zu müssen. Außer dem Spaß brachte ihm das Boxen einige Titel und viel Anerkennung ein. Jetzt war er wer.

Und noch eine Qualität war in der Strafanstalt gefragt. Schon längst war er der Anstaltsleiterin aufgefallen. Bald konnte er eine

Ausbildung zum Maurer machen. Hinter der verschlossenen Tür ihres Dienstzimmers wurde allerdings nicht gemauert. Außerdem musste er ziemlich oft bei ihr zu Hause Gardinen anbringen. Es war also ein recht feudales Leben. Aber immer wenn es Ekke zu gut ging, drehte er irgendwann durch. Bei einer kleinen Auseinandersetzung mit seiner Gönnerin schrie er sie plötzlich an: „Du ekelst mich an. Du alte Fotze!" Sie war natürlich zutiefst getroffen. Ekke genoss die Situation. Frauen waren für ihn alle Huren. Sie zahlte es ihm heim, indem sie ihn in die Justizvollzugsanstalt Tegel verlegen ließ, die sich damals noch „Zuchthaus" schimpfte.

Hier schrieb er zum ersten Mal in seiner langen Karriere Geschichte: Er war der jüngste Häftling. Niemand ahnte, dass Ekke mit diesem Haus eine lange Zukunft verbinden würde.

Die JVA Tegel war eine geschlossene Welt für sich. Hinter wem das schwere Tor zufiel, der musste sich von dem Treiben da draußen verabschieden; sonst ging er unter. Das Angebot an Arbeit war großzügig: Hausarbeiten, Wäscherei, Gärtnerei, Tischlerei, Schlosserei. Für 16 Pfennig in der Stunde konnte man hier malochen. Ob nun Kupferkabel aus Bleiummantelungen ziehen oder Kuchenformen pressen: All das vertrieb die Zeit und die Grübeleien. Hielt man sich draußen an Mark und Pfennig, so waren hier Tabak und Kaffee die Währung. Jedem Wunsch wurde nachgegangen: Pornos – auch „Schwingen" genannt –, Alkohol, Drogen, Gummipuppen, „richtiger" Sex. Wie draußen galt auch hier: „Wer zahlt, bekommt." Lediglich mit der freien Wirtschaft war das so eine Sache. Die Hierarchie war festgelegt und Macht und Gewalt bestimmten, wer welche Rolle einnahm. Es gab auch einige Lampenbauer, so nannte man Verräter im Knast, aber zu dieser Zeit bedeutete den meisten die Ganovenehre noch etwas.

Ekke suchte sich seinen Platz. In der Zelle war er der Jüngste von dreien – aber nicht der Depp. Mit seiner verbalen und physischen Schlagfertigkeit hatte er sich rasch Respekt verschafft.

Der Dienstälteste in seiner Zelle vertrat den Haftraum gegenüber den Justizangestellten. In Ekkes Zelle war das ein Heizer namens Hannes: nur ein paar Jahre älter als Ekke, das Maul geradeaus und recht kräftig. Hannes führte Ekke in die Regeln des Überlebens ein. Sämtliche Reinigungs- und Ordnungsaufgaben waren jetzt Ekkes Sache. Natürlich war das was für ihn: Er hatte Macht.

Wurde der Vollzug zu eintönig, so trieb er seine Spielchen mit den Bediensteten. Sich nicht zum Büttel zu machen war seine Motivation für immer neue Kapriolen. So ließ er sich zum Beispiel ein Fertiggericht schmuggeln. Nach Einschluss wurde es nun über einem eingefetteten Bindfaden erhitzt. Ein wahrer Festschmaus, bis die Beamten den Braten rochen: Der Arrest bei Wasser und Brot war dann weniger nach Ekkes Geschmack. Er durfte sich nicht mehr erwischen lassen.

Ekke war der Meinung, er habe ein Anrecht darauf zu telefonieren. Einen Brief durfte man nur alle 14 Tage schreiben und manchmal kam das Schreiben sogar noch zurück, wenn die Zensur entdeckte, dass man einen Zentimeter über den Rand geschrieben hatte. Während der Sportstunde simulierte er eine Verletzung, sein Kollege Übelkeit. Sie entfernten sich. Am Fenster des Büros einer Sozialarbeiterin machte ein Draht das Öffnen leicht. Nun griff er durch das Gitter hinein und erreichte bequem das Telefon, das auf dem Schreibtisch direkt am Fenster stand. Während Ekke telefonierte, hielt sein Kumpel Wache. Zum Schluss wurde das Fenster nur noch zugedrückt und: Abmarsch!

Um sich aber mal Entspannung und gute Kost zu gönnen, trank er manchmal Öl aus einer erhitzten Sardinenbüchse. Die Leber spielte verrückt, ab in die Krankenhausanstalt Moabit: Extrakost mit Wurst und Milch, ein paar Wochen Bettruhe und man war wieder topfit für die nächste Runde im Tollhaus Tegel.

Die Monotonie des Alltags zehrte aber trotz aller Späße an seinen Nerven. Zu gern hätte er in der Autowerkstatt gearbeitet, aber er bekam keine Chance. Stattdessen verbrachte er seine Zeit an der Presse für Backformen. Für einen unruhigen Geist war das Gift. Der Tag kam, als ein Aufseher seine Arbeitsmoral kritisierte. Er bekam kurzerhand eine Backform an den Kopf. Mehrere Beamte schritten ein. Den tretenden und um sich schlagenden Ekke zerrte man in den Arrestkeller.

Holzpritsche und Fäkalienkübel. Hier verbrachte er 14 Tage. Nur über Nacht bekam er zwei dünne Wolldecken. Es gab nichts zum Lesen. Tabakentzug war selbstverständlich. Die Ernährung bestand aus Wasser und Schwarzbrot. Nur an jedem dritten Tag gab es eine warme Mahlzeit. Die halbe Stunde Hofgang verbrachte er alleine. Niemand durfte mit ihm reden, die Mahlzeiten wurden durch eine Klappe hereingeschoben, kein Gesicht, kein Kontakt. In unregelmäßigen Abständen wurde das Licht zur Kontrolle angeknipst. Die Wände dieses Kerkers erzählten von Selbstmordversuchen, Schreikrämpfen und Tobsuchtsanfällen. Er verbrachte seine Zeit im eigenen Schweiß und dem Gestank des Kübels. Hier wurden zwei Wochen zu einer Ewigkeit. Sogar Ekke ließ Substanz: Blass und mager, aber aufrecht verließ er den Kerker.

Er war nur sturer geworden, sein Wille war ungebrochen. Die Attacke gegen den Vollzugsbeamten und die anschließende Keilerei mit dessen Kollegen sollten noch ein gerichtliches Nachspiel haben. Jetzt aber hatte er erst mal in zwei Monaten Haftende. Im Mai 1968 wurde er nach dreieinhalb Jahren entlassen.

Die darauf folgende Zeit verbrachte er mit Ms und As (Mädchen und Autos). Er wohnte bei seiner Mutter in Berlin-Lichterfelde. Er versuchte sogar, den Führerschein zu machen, bekam ihn jedoch nie ausgehändigt, da er für das Führen eines Kfz charakterlich nicht geeignet schien. Natürlich hinderte ihn das nicht, mit einem Auto auf Tour zu gehen. Neider hatte er viele und es dauerte nicht lange, bis er angeschwärzt wurde.

Ekke reparierte gerade das Auto eines Freundes, als die Polizei auftauchte. Man verwies auf eine Meldung, nach der er ein paar Runden gedreht haben solle. Ekke bat die Polizisten, näher zu treten, öffnete die Motorhaube und zeigte ihnen, dass der Wagen keinen Motor hatte. Trotzdem erhielt er eine Anzeige wegen Fahrens ohne Führerschein. Ekke war sauer und sagte sich: „Nu erst recht!" Vorsätzlich missachtete er die Verkehrsordnung, lieferte sich Verfolgungsjagden mit der Polizei und war oft genug der Gewitztere. Eine Straßensperre durchbrach er brachial, indem er zwei Polizeiwagen rammte. Die Anzahl der Anzeigen nahm stetig zu.

In den Abendstunden traf man ihn oft im „Blockhaus", einer Ami-Disco. Hier begegnete er Petra. Sie war lebenslustig, 16 Jahre alt, hatte lange hellbraune Haare und strahlend blaue Augen. Ihre prallen Brüste waren in einen hautengen Pulli eingezwängt. Petra kannte ihre Wirkung auf Männer, nahm jede Gelegenheit zum Flirten wahr und ließ sich ständig einen Drink ausgeben. Dieser Mischung aus Lebenslust und Sex konnte Ekke nicht widerstehen. Eine zusätzliche Herausforderung war, dass er sie den anderen Typen ausspannen musste. Mit der Wucht seiner Erscheinung, seinem rauen Charme zog er ins Gefecht.

Er spendierte und balzte drauflos. Sie biss an. Als sie sein Lächeln erwiderte, an seinen Tisch kam und sich setzte, war das Spiel gelaufen. Sie hatte keine Chance mehr. Petra trank und wurde immer ungehemmter. Unter dem Tisch prüfte sie bereits sein Stehvermögen. Das bekamen auch die anderen Typen mit.

Ein GI versuchte, Petra von ihm wegzuziehen. Ekke federte hoch und knockte ihn mit seiner schweren Rechten aus. Totenstille im Raum. Noch an diesem Abend ging die Nachricht um, dass Petra nicht mehr zu haben war und ihr Neuer eine schnelle Faust hatte.

Schlägereien roch Ekke sofort und sie waren unausweichlich. Warum sollte er warten und lang rumquatschen. Er war ein Kaltstarter. Wurde er dumm angelabert, schlug er zu, sofort. So hatte er schnell den Ruf eines üblen Schlägers. Besonders schlimm fand er das nicht, schließlich bedeutete es auch, dass er Macht hatte. Gleichzeitig verlängerte sich aber auch die Liste der Anzeigen wegen Körperverletzung, Beleidigung und Widerstand gegen die Staatsgewalt.

Petra und Ekke liebten sich und wollten heiraten. Ekke kämpfte darum, dass Petra aus dem Heim, in dem sie aufgewachsen war, entlassen wurde. Er nahm eine feste Arbeit in einer Landschaftsgärtnerei an. Er, Ekke, würde es allen beweisen: Die beiden „Schlimmen" würden eine Familie gründen.

Sie richteten sich eine Dachwohnung ein. Er genoss es, wenn seine Frau ihm bewundernd zusah, wie er mit freiem Oberkörper in ihrem neuen Heim hantierte. Das war ihm Lohn genug. Ihr Wunschkind kam vier Monate nach der Trauung zur Welt – eine Tochter. Ekke liebte seine Frau und seine Tochter abgöttisch. Aber natürlich konnte er immer noch keinem Streit aus dem Wege gehen. Seine junge Frau suchte gelegentlich den Flirt mit anderen Männern, das gab oft Streit zwischen ihnen. Ekke war nicht der geborene Diplomat und setzte auch hier seine körperliche Überlegenheit ein. Sie rauften sich aber immer wieder zusammen.

Für alles wird eines Tages die Rechnung präsentiert. Sämtliche Anzeigen, von der Tätlichkeit mit der Backform über das Fahren ohne Führerschein bis hin zu den zahllosen Schlägereien, kamen eines Tages auf den Tisch. Es wurde eine Gesamtstrafe verhängt.

Eines Nachts stellte man Ekke in einem Mietauto. Zwar suchte die Polizei zu dieser Zeit einen Einbrecher, aber Ekke fiel mit seinem gefälschten Führerschein auf. Festnahme, Polizeirevier, Zelle. Während man auf die Kripo wartete, war er in seiner Zelle unbeobachtet. Ohne lange zu grübeln riss er ein Brett aus der Holzpritsche, zertrümmerte damit das Gitterschloss zum Fenster, zerschlug die Scheibe und sprang aus dem ersten Stock in den Hof – in die Freiheit. Ein echtes Kabinettstückchen. Die Blamage der Polizei stand natürlich am nächsten Tag in allen Zeitungen. Schnell wurde eine SOKO gebildet. Nach drei Wochen wurde Ekke das Versteckspiel zu langweilig, er wurde unvorsichtig und schließlich wieder verhaftet.

Zurück in Tegel, trat er eine zwölfmonatige Haftstrafe an. Hafterfahren wie er war, hätte er grinsen können. Doch jetzt erlebte er, was das Gesetz der Unterwelt bedeutete: „Besitze nichts, was du nicht innerhalb von drei Minuten verlassen kannst!" Diesmal war alles anders. Er hatte Frau und Kind und Petra war wieder im vierten Monat schwanger.

Petra war der Situation nicht gewachsen. Sie suchte Verständnis und Halt. Ihre alten Freunde, Alkohol und Männer, traten wieder in ihr Leben. Dann auch Joints. Damit war sie bereit für die Drogendealer: LSD, Berliner Tinke, Heroin. Trotz aller Täuschungsversuche konnte sie Ekke die Wahrheit nicht lange verheimlichen. Ihre Pupillen und die Einstichstellen sprachen für sich.

All sein Flehen half nichts, sie war zu schwach. Er wurde halb wahnsinnig in seiner Zelle. Ausgang, Sonder- und Weihnachtsurlaub wurden ihm nicht bewilligt. Strafgefangener Nr. 128 war mit seinen familiären Sorgen nicht von Belang. Petra fühlte sich im Stich gelassen. Seine erste große Liebe drohte kaputtzugehen.

In seiner Verzweiflung versuchte er sogar, sich mit einer Nadel in die Augen zu stechen, um als Blinder entlassen zu werden.

Die kleinsten Anlässe ließen ihn ausrasten. Er wurde tückisch und unberechenbar. Die Arrestzelle wurde seine ständige Heimat, man isolierte ihn völlig. Er wehrte sich und entwickelte sein eigenes Trainingsprogramm: Liegestütze, Kniebeugen, Laufen auf der Stelle und vor allem Klimmzüge mit den Fingerspitzen am Türrahmen. Er trainierte bis zur Bewusstlosigkeit. Die Beamten fürchteten um seinen Geisteszustand. Sicherheitshalber legte man ihm durch die Luke der geschlossenen Tür Handschellen an, bevor man ihn zum Hofgang führte.

Oftmals entledigte sich Ekke auf dem Hof der Handschellen, warf sie aufs Dach und schrie: „Rafft ihr's nicht? Es bringt nichts, wenn ihr mich fesselt!" Mit Schlagstöcken trieb man ihn dann zurück in die Zelle – wie ein Tier. Wochenlang dauerte dieser Zustand.

Die Methode dahinter sah niemand: Ekke hatte einen Plan.

Der Ausbrecherkönig

Am 31.12.1969 spannte Ekke beim Anlegen der Handschellen seine Pranken an. So war es ihm ein Leichtes, die Fesseln abzustreifen. Seine Bewacher dachten an das übliche Spielchen. Diesmal entledigte sich der Gefangene aber auch seiner Schuhe. Einer großen Katze gleich hetzte er über den verschneiten Innenhof und sprang mit einem mächtigen Satz zum ersten Fenstersims und zog sich hoch. Den nächsten Vorsprung erreichte er nur mit den Fingerkuppen. Dank seines exzessiven Trainings kam er weiter. Er krallte sich mit den Zehen in die kleinsten Fugen, gewann an Höhe. Allmählich erholten sich die Vollzugsbeamten von ihrem Schock. Ungläubig sahen sie den Gefangenen dem Dach zustreben. „Ekke, mach keinen Scheiß. Komm zurück, du hast keine Chance!" Als sie in ihrer Verzweiflung Schneebälle warfen, um ihn zur Aufgabe zu zwingen, wäre er fast vor Lachen von der Wand gestürzt. Dann aber hatte er das Unvorstellbare geschafft, er zog sich über die Dachkante. Einer der Aufseher brach zusammen. Herzanfall.

Ekke konnte sich nicht lange sammeln. Das Dach war glatt, er war nur dürftig bekleidet. Seine Hände waren taub. Eilig strebte er dem angrenzenden Dach der Turnhalle zu. Von hier aus konnte er den Außenbereich erreichen. Ein Blick in die Tiefe: 15 Meter. Er dachte an seine Frau, die Kinder und – sprang.

Mehrfach überschlug er sich. Aber er kam auf die Beine. Mit hastigen Schritten eilte er zum letzten Hindernis, einer Mauer mit Zaun. Ein Klacks.

„Freiheit!", schrie es in ihm, als er durch die angrenzenden Schrebergärten hetzte. Die Alarmsirene der Anstalt klang wie eine Hymne des Triumphes in seinen Ohren. Schnell riegelte die Polizei das Gebiet rund um die Anstalt ab. Ekke hatte sich aber bereits so weit entfernt, dass sie ihn nicht mehr einkreisen konnten.

Es dämmerte schon, als er den Wald erreichte. Sein Gesicht schmerzte vor Kälte und er fühlte seine Hände kaum noch. Sein Atem ging schwer und sein Puls raste. Aber – er hatte sie abgehängt. Sein Plan war, den Wald zu durchqueren, um den dahinter liegenden Flughafen zu erreichen. Niemand würde darauf kommen, dass er versuchen würde, seine Route über das Flugfeld fortzusetzen. Das war seine Chance. Die turnusmäßigen Kontrollfahrten der Polizei am Flughafen fürchtete er nicht. Für einen Kerl, der aus einem schwer bewachten Gefängnis ausgebrochen war, konnte das keine Gefahr bedeuten.

In der Dunkelheit lief er über das Rollfeld. Im selben Moment startete ein Düsenjet. Ekke glaubte, ihm würde der Schädel bersten. Das Gedröhne und Getöse zwang ihn zu Boden, er schützte seine Ohren mit den Händen. Der Luftdruck der Turbine presste ihm die Luft aus den Lungen und seine Atmung versagte. Sollte seine Flucht hier enden, unter dem Flimmern der Düsen auf dem kalten Boden des Flugfeldes? Wo immer dieser stählerne Koloss auch hinflog, wichtig war nur, dass er abhob. Ekke schüttelte sich, schluckte ein paarmal, um sein Trommelfell zu entlasten, und sprintete in Richtung Abfertigungshalle.

Niemand kümmerte sich um die abgewetzte Erscheinung ohne Schuhe. Als er den Ausgang erreichte, erlag er fast der Versuchung, sich ein Taxi zu nehmen. Sicherlich war seine Flucht bereits in den Medien, bestimmt hatten die Taxifahrer schon davon Wind bekommen. Also setzte er seinen Weg fort, barfuß – durch Parkanlagen, Seitenstraßen und Gassen. Nach dreieinhalb Stunden erreichte er das Lokal eines Bekannten in Lichterfelde.

Im Hinterzimmer bekam er Kleidung. In der Wärme begannen seine Hände höllisch zu schmerzen. In seiner Unwissenheit bestrich er sie mit Margarine. Das sollte er bitter bereuen. Er ließ sich zu seiner Mutter fahren.

Der Frau schossen die Tränen in die Augen, als sie ihren Sohn in diesem Zustand erblickte. Ekkes Hände waren eine einzige offene Wunde. Das Salz der Margarine hatte die starre Haut aufplatzen lassen. Ein grausiger Anblick und eine Qual für Ekke.

Schnell wurde ärztlicher Rat per Telefon eingeholt: „Die Hände müssen in hochprozentigen Alkohol, sonst sind sie kaum zu retten. Rechnen Sie aber damit, dass diese Prozedur für den Patienten zu viel ist!"

In aller Eile wurde eine Schüssel mit hochprozentigem Wodka gefüllt. Eine Sekunde lang zögerte er noch. Als er aber die rohen Fleischklumpen sah, gab er sich einen Ruck. Die Zähne zusammengepresst, tauchte er die Hände in die Schüssel.

Seine Augen quollen vor, er schrie laut auf, riss die Hände wieder aus der Schüssel, um sie jedoch sofort wieder hineinzustoßen. Beim dritten Mal versagten ihm die Knie und er verlor die Besinnung. Trotzdem machte er weiter. So fühlt man sich wohl, wenn man bei lebendigem Leib gegrillt wird, dachte er. Seine Mutter salbte und verband die Wunden. Seine Hände sollten für immer kälteempfindlich bleiben.

Obwohl jederzeit mit einer polizeilichen Durchsuchung zu rechnen war, verbrachte er die Nacht bei seiner Mutter. Um sie jedoch nicht noch länger zu gefährden, stahl er sich frühmorgens aus dem Haus, die verletzten Hände mit Handschuhen geschützt.

Er hatte zum Glück noch Freunde, die gern etwas für ihn riskierten. Mit wechselnden Aufenthaltsorten konnte er die Polizei lange Zeit narren. Petra wurde selbstverständlich observiert. Man nahm von behördlicher Seite an, dass man ihm so auf die Spur käme.

Und tatsächlich, mit der Zeit wurde Ekke wieder übermütig. Er reizte sein Spiel aus. So musste Petra einmal mit einer Schüssel Essen aus dem Haus, um die Jagdhunde auf ihre Fährte zu locken, nur um sie dann in einem Kaufhaus abzuhängen, nachdem sie die Schüssel dort abgestellt hatte. Über den Notausgang entkam sie und stieg zu Ekke ins Auto, der dort schon wartete. Da war er wieder, der besondere Kick, den er brauchte. Das baute ihn auf.

So wie er an sich selbst glaubte, glaubte er auch an seine Macht über Petra. Er kontrollierte regelmäßig, ob sie neue Einstichstellen hatte. Natürlich beteuerte sie immer wieder, dass sie für ihn vom Stoff loskommen würde. Es kam aber alles ganz anders.

Ekke trieb sich auf dem Schöneberger Kiez rum. In einem Lokal wurde ihm eine so genannte Lampe gebaut: Man gab der Schmiere einen Tipp. Ekke versuchte, die Beamten mit einem gefälschten Ausweis zu täuschen, das gelang nicht. Er floh. Doch seine Verfolger waren in der Überzahl und er konnte sie nicht abschütteln. Das Glück war heute nicht auf seiner Seite.

Immerhin war es ihm in all der Aufregung gelungen, die Kanone loszuwerden, die er in einem Holster bei sich getragen hatte. So nahm man mit verschwitzten Gesichtern den Ausbrecher fest, der seltsamerweise einen leeren Holster hatte.

„They never come back" – das gilt leider nur für Boxer, nicht aber für Eckehard Lehmann. Da war er wieder, in Tegel, in der Einsamkeit der Arrestzelle. Die Gedanken an seine Familie, an sein ungeborenes Kind quälten ihn. Sie hatten sich einen Jungen gewünscht. Thomas wurde im Februar geboren. Es sollte noch viel Zeit vergehen, bis er seinen Sohn sehen konnte.

Abgemagert, das Gesicht mit Stoppeln überzogen, blinzelte er nach einem Monat in die Sonne. Jetzt erst mal waschen, essen und schlafen. Dann würde er sein Revier abstecken. Nach den Wochen im Arrest war seine Zelle eine Art Paradies. Er konnte den Himmel durch das vergitterte Fenster betrachten.

Ekke blieb unter Verschluss, bis auf den obligaten Hofgang. So vertrieb er sich den Tag im Haftsack mit Grübeln und Auf-der-Stelle-Treten. Gelegentlich bekam er Besuch von seiner Mutter. Sie erzählte ihm von draußen. Petras Besuche hingegen waren eher spärlich. Sie stieg die soziale Leiter nicht hinunter – sie stürzte sie hinab. Nachdem sie ihrer Mutter die Sparbücher geklaut hatte, ging sie schließlich anschaffen. Sex für Drogen. Sie war fertig. Immer weniger galt ihre Fürsorge den Kindern. Sie hatte nur noch den nächsten Druck im Hirn.

Oftmals schrien die Kinder nach ihrer Mutter. Die Wohnung vermüllte und der Gestank zog bis ins Treppenhaus. Als Ekkes Familie sich endlich darum kümmerte, war die Badewanne nicht nur mit benutzten Windeln gefüllt. All das verschwieg man Ekke – er wäre durchgedreht.

Der Verschluss engte Ekkes Beschaffungsmöglichkeiten ein. Wie früher führte man ihn in Handschellen zur Freistunde, jetzt jedoch in extra angefertigten, die mit einem Vierkant geschlossen wurden. Sehr aufmerksam beobachtete der Gefangene den Vorgang und den Schlüssel. Der Vierkant entsprach ungefähr den Maßen des Schaftes seines Rasierapparats. Er hatte einen neuen Plan.

Mit einer Geduld und Präzision, die man diesem Brocken von Kerl niemals zugetraut hätte, schliff er den metallenen Stiel des

Rasierers auf dem Zellenboden. Es war mühsam. Nur einmal am Tag hatte er die Möglichkeit, seine Arbeit an der Fessel zu überprüfen, verdeckt, während des Hofgangs. Dann hatte er es endlich geschafft. Aber noch war er nicht in Freiheit. Er musste noch einen Weg aus der Zelle heraus finden.

Die Tür war mit einem einfachen, schweren Schloss gesichert. Mit großer Feinfühligkeit ertastete er mit dem Stiel einer Gabel die inneren Schlossfedern, bis er sie blockieren konnte. Dann schob er ein Messer in den Spalt zwischen Tür und Zarge. Behutsam drückte er die Schlosszunge zurück, bis die Tür aufsprang. Zwei weitere Türen versperrten den Weg zum Innenhof. Die erste glich seiner Zellentür, war also mit demselben Schließtrick zu knacken. Schwieriger würde es schon bei der zweiten Tür werden. Diese Doppeltür hatte einen Sperrriegel, der den Ausgang senkrecht stabilisierte. Hier galt es, Gewalt einzusetzen. Der Riegel war per Hand leicht zurückzuziehen, sodass nur das eigentliche Schloss ein Hindernis war. Berliner Altbautüren hatten ein ähnliches System. Nachdem die Riegel zurückgesetzt waren, drückte man so lange mit konstantem Druck gegen die Flügel, bis die Tür aufsprang. Das war nicht schwierig, weil das Schloss in der Mitte keinen Fixpunkt hatte. Lehmann traute sich zu, diesen Kraftakt an der zwei Meter hohen eisernen Tür zu vollbringen. Sein Plan war fertig.

Am 14. Juli 1970 war es dann so weit. Zwischen 13 und 15 Uhr war Mittagsruhe. Keine Gespräche, kein Schließen. Innerhalb einer halben Minute war die Zelle geöffnet. Ekke glitt grinsend auf den Flur. Die nächste Tür widersetzte sich ihm – aber nicht lange. Jetzt war er an der Flügeltür. Behutsam schob er die senkrechten Riegel zurück. Dann lief er gegen die Tür an. Vergeblich, er prallte zurück. Mit aller Intensität warf er die Masse seiner 90 Kilogramm gegen die stählerne Barriere. Endlich zerriss es die Halterung. Geschmeidig erklomm er einen der Flügel.

Mit seiner Körperlänge von 1,92 Meter erreichte er das Fenstergitter im ersten Stock mühelos. Von Gitter zu Gitter zog er sich aufs Dach, sprang in die Tiefe, rollte sich ab und verschwand mit großen Sätzen in den angrenzenden Schrebergärten.

Mittlerweile war seine Flucht bemerkt worden. Um es den Bullen nicht zu leicht zu machen, mied er diesmal den Flughafen. Parallel zur Seidelstraße lief er auf den Kurt-Schumacher-Platz, stieg in ein Taxi und setzte sich in Richtung Lichterfelde ab.

Petra musste wieder in ihre alte Rolle schlüpfen: ihren Mann in seinen Verstecken aufsuchen, sich verstellen und immer wieder die Schmiere abhängen. Ekke wollte seine Kinder sehen, deshalb war er ja eigentlich hier. Mit seiner Familie und einigen guten Kameraden lag er vorne.

Zehn Tage waren seit seinem Ausbruch vergangen und er dachte sich, dass er sich ein Badevergnügen mit seiner Frau am Wannsee redlich verdient hätte. Sie fläzten sich im Sand und Ekke präsentierte seinen kiezbekannten tätowierten Oberkörper – nicht ohne Risiko.

Es war sein Instinkt, der den Ausbrecher unruhig werden ließ. Glücklicherweise, denn die Polizei war schon auf ihn aufmerksam gemacht geworden. Die Bullen waren dermaßen in Aufregung, dass ein Mannschaftswagen in Anfahrt auf das Zielgebiet verunglückte. Acht Polizisten wurden verletzt, einige mussten im Krankenhaus bleiben. Die Bereitschaftspolizisten von Kreuzberg, die alarmiert wurden, hatten eine Wegstrecke von gut 25 Kilometern zu bewältigen, das ging natürlich nicht innerhalb von Minuten. Die Beamten des Reviers am Wannsee aber überschätzten sich – oder sie unterschätzten Ekke. Sie schauten sich die Berühmtheit erst einmal in Ruhe an.

Als Ekke durch halb geschlossene Augenlider seine Umgebung taxierte, fielen ihm sofort die Uniformierten auf. Was für Dilettanten! „Hey, Puppe", knurrte er, „da kommt die Schmiere, die suchen bestimmt mich. Pack die Rapeiken und fahr nach Hause. Ich mach 'nen Schuh."

Er sprang auf, stampfte durch die Menge und hechtete mit einem mächtigen Satz ins Wasser. Mit kräftigen Zügen entfernte er sich unter Wasser. Die Polizisten dachten gar nicht daran, ihn zu verfolgen. Ohne Waffe war ihnen das viel zu gefährlich. Als Ekke endlich wieder auftauchte, hatte er sich ein erhebliches Stück vom Ufer entfernt. Er kraulte weiter hinaus. In der Zwischenzeit war die Wasserschutzpolizei alarmiert und aufgezogen. Petra wurde vorläufig festgenommen. Wahrscheinlich glaubte man, damit Ekkes Möglichkeiten einzuengen. Aber der Ausbrecher war allein immer am besten.

Die Badebucht war an beiden Seiten mit Polizeibooten abgesperrt. Konzentriert beobachteten die Beamten den Schwimmer. Plötzlich war er nicht mehr zu sehen. Ekke war abgetaucht und hatte einen Plan gefasst. Draußen auf der Havel zog ein Segelboot seine Bahn. Lange, sehr lange blieb er unter Wasser. Da tauchte der Kiel des Bootes im trüben Wasser vor ihm auf. Er ließ sich langsam an die Oberfläche treiben und streckte nur die Nase aus dem Nass. Gierig sog er die Luft ein, hängte sich an das Boot und ließ sich mitziehen.

Von dem Segler vor den Blicken der Polizei geschützt, blieb er über einen Kilometer in seinem Schlepp. Dann war er außer Sichtweite, ließ los und schwamm an Land. Er hatte die Bullen ausgetrickst! Nun trabte er durch den Wald und kam auf eine Seitenstraße. Dort tauschte er seine grellrote Badehose gegen eine blaue ein, die auf einer Wäscheleine hing.

Die Polizei war auch nicht untätig geblieben. Mit viel Aufwand hatte man das Bad abgesperrt, rund hundert Polizisten durchkämmten den Wald. Auch die Presse war informiert und Ekke – er brauchte den Kitzel einfach – lief zum Fahndungsgebiet und den Reportern direkt in die Arme.

„Du bist doch Ekke Lehmann?" Tausend Fragen prasselten auf ihn ein. Er genoss das kleine Interview im Rücken seiner Verfolger.

„Wie hoch bist du denn in Tegel geklettert?"

„Ungefähr 20 Meter."

„Man sucht jemanden in roter Badehose, wie kommst du zu der blauen?" „Tauschgeschäfte."

„Rechnest du dir eine Chance aus, bei der Großfahndung?"

„Sachte, det machen wir schon."

„Wo hast du denn gesteckt seit dem Ausbruch am 14. Juli?"

„In APO-Kreisen."

Man hatte während des Interviews einen kleinen Spaziergang gemacht und war gefährlich dicht an die Polizeikette herangekommen. Die Beamte blickten aber stur in die entgegengesetzte Richtung. Ekke ließ noch ein paar Bilder von sich schießen und verschwand wieder im Wald. Er wusste, was er wissen musste. Er kannte den Standort und die Bewegung seines Gegners.

Als er auf eine kleine Siedlung stieß, drängte sich ihm ein Fahrrad auf. Also radelte er weiter und fiel noch weniger auf. Aufmerksam beobachtete er seine Umgebung und sah eine Aktentasche an einer Haustür lehnen. „Ehe sie jemand stiehlt, sehe ich lieber mal nach." Drei Tausendmarkscheine. „Und ehe das Zeug wegkommt, stecke ich es mal lieber ein." Tat's, pfiff sich eins und radelte davon.

Eine Stunde brauchte er bis zum Breitenbachplatz. Er hielt an und telefonierte mit seiner Mutter. Mit einem Freund holte sie Ekke ab. Nur in Badehose ging es in das nächste Kaufhaus, und er deckte sich mit neuer Pelle ein. Seine Mutter und ihren Freund lud er im Anschluss zum Essen ein. So endete ein aufregender Tag mit einer kleinen Siegesfeier.

Die Polizei fand das alles weniger lustig. Petra Lehmann war entlassen. Die Suchaktion am Wannsee wurde gegen 18.30 Uhr abgebrochen. In der Presse hieß es am nächsten Tag:

„Ausbrecher narrte 100 Polizisten, er entkam in der Badehose. Eine umfassende Großfahndung nach dem Tegelausbrecher Ekke Lehmann wurde gestern gegen 13 Uhr ausgelöst. Mehr als 100 Polizisten, die durch zehn Funkwagenstreifen verstärkt wurden, durchsuchten die Waldstücke neben dem Freibad Wannsee. Zwei Polizeiboote versuchten dem raffinierten Ausbrecher den Fluchtweg über den Wannsee abzuschneiden. Um 18.30 Uhr musste die Fahndung eingestellt werden, Ekke Lehmann war – nur mit einer Badehose bekleidet – wieder einmal entwischt.“

Was sich in den Reihen der Polizeiführung abspielte, kann man nur vermuten. Die Presseberichte setzten dem Ganzen noch die Krone auf. Rund um den Lehmann'schen Wohnsitz wurden die Kontrollen verstärkt, Zivilfahnder observierten. *Ein* Mann konnte doch nicht den ganzen Apparat vorführen?

Ekke machte es ihnen leichter. Er wurde mal wieder leichtsinnig. Als er seine Mutter besuchte, entdeckten ihn die Ermittler sofort. Man ließ ihn zunächst in Ruhe die Parterrewohnung am Ostpreußendamm betreten. Das gesamte Areal wurde umstellt, man besetzte die Fenster und Eingänge und schickte einen Fahndungstrupp in die Wohnung.

Die Genugtuung in den Gesichtern der Beamten war nicht zu übersehen. Sie durchsuchten alle Zimmer, öffneten Kisten und Schränke, hoben sogar den Klodeckel hoch. Das war nicht möglich. Die Fenster waren vergittert, das Haus vollständig umstellt. Selbst ein Eckehard Lehmann konnte sich nicht in Luft auflösen.

Der Frust der Beamten schlug langsam in Wut um. Sie klopften die Wände ab, suchten doppelte Rückwände und holten schließlich einen Diensthund. Nun wurde es für Ekke brenzlig, denn natürlich war er noch in der Wohnung.

Seine jüngere Schwester hatte ihn gerettet. Als die Polizeifalle zuschnappte, zog sie ihren Bruder in ihr Zimmer. Unter dem

Bett war eine Luke, darunter ein Hohlraum mit der Wasseruhr. Ekke hatte einige Probleme, zwängte sich aber schließlich doch hinein. Teppich und Bett wieder drüber, und schon drang die Polizei in die Wohnung ein.

Nach fast zwei Stunden Suche war jetzt alles durch den Hund gefährdet. Ekkes Schwester konnte sich bei der Hektik ohne weiter aufzufallen in den Räumen bewegen, sie streute Pfeffer aus und versprühte Haarspray. Das hielt die beste Hundenase nicht aus. Das Tier nieste, schüttelte sich und schnaufte. Der Einsatz war gelaufen, die Bullen wieder blamiert.

Als Mutter Lehmann die Luke endlich öffnete, lag Ekke tatsächlich schlafend in seinem engen Verlies. Bei dem Gedanken, dass Ekke bei der Durchsuchung geschnarcht hätte, klappte sie fast zusammen.

In aller Öffentlichkeit verbrachte er die kommenden Tage. Er besuchte einen Wochenmarkt. Obwohl er seine tätowierten Hände verbarg, war seine Erscheinung zu auffällig. Man erkannte ihn.

Kein Rollkommando wurde diesmal geschickt, sondern mehrere Gruppen von Zivilfahndern. Trotzdem, der Ausbrecher hatte seine Antennen ausgefahren und erkannte sie sofort an ihrer spießigen Kleidung und an ihrer betonten Unauffälligkeit.

Er versuchte in der Menge unterzutauchen. Die Typen waren überall. Die Beamten schoben sich von hinten und vorne an ihn heran. Er selber bewegte sich längs des Marktgeländes an einer kleinen Ladenzeile entlang. Der Zugriff stand noch aus. Ekke schlüpfte in einen Perückenladen. „Die Perücke dort hätte ich gerne", brummte er. Die Verkäuferin war zwar verdutzt über den schnell entschlossenen Kunden, freute sich aber über die verdienten 123 Mark. Seinen neuen Schopf ließ Ekke gleich auf, verdeckte so die Ohren und die Stirn.

Er verließ den Laden und lief direkt in vier Verfolger hinein. Die stutzten zwar, gingen aber weiter. Er spürte ihre Blicke in seinem Rücken. Bei den Worten „Na klar, das ist er. Hinterher!" war er schon losgerannt.

Die Perücke rutschte ihm ins Gesicht. Er riss sie herunter und warf sie fort. Sie hatte ihre Aufgabe erfüllt.

„Halt, Polizei, bleiben Sie stehen oder wir schießen!", gellte es hinter ihm. Ekke zuckte nicht einmal. Er war ein bewegliches Ziel, außerdem waren viel zu viele Menschen auf der Straße. Aber seine Verfolger waren gut. Es gelang ihm nicht, außer Sichtweite zu kommen. Schließlich bog er in eine Seitenstraße ein. Zu seinem Entsetzen kam ihm ein Streifenwagen entgegen. Er warf sich in einen Hauseingang. Seine Flucht wurde jäh in einem Hinterhof gestoppt. Keine Seitenausgänge, keine Leiter, nichts. Nur eine elendig hohe Mauer. Aber gut, mit Mauern hatte er ja inzwischen ein fast intimes Verhältnis. Er nahm Anlauf, stieß sich an der Mülltonne ab und schnellte empor. Auf der anderen Seite ließ er sich einfach fallen und war wieder entkommen. Ein gefundenes Fressen für die Presse:

> *„Ausbrecher entwischte schon wieder.*
> *Ekke tarnte sich mit „Prinzessin Regina" und hechtete über die Mauer. Die Unverfrorenheit des Tegelausbrechers Ekke Lehmann ist kaum noch zu überbieten!"*

Natürlich war das wieder Wasser auf seine Mühlen. Aber er konnte und wollte sich nicht verstecken. Wieder einmal fuhr er ohne Führerschein, als er gestellt wurde. Fünf Schusswaffen waren auf ihn gerichtet.

Zurück in den Arrest! Ihm wurde als erstem Häftling die Ehre zuteil, eine Spezialzelle – extra für ihn gebaut – zu belegen. Sie ging in die Haftannalen als „Stube und Küche" ein. Man hatte zwei Lagerräume umgebaut, indem man die Zwischenwand herausgetrennt und durch ein Gitter ersetzt hatte. Sein Bett war gemauert, er konnte es also nicht verrücken oder auseinander nehmen. Durch das Trenngitter konnte man ihm seine Nahrung reichen oder die Hände fesseln, ohne ihm zu nahe zu kommen.

Ekke fühlte sich ungerecht behandelt. Er drangsalierte jeden, der ihm in die Quere kam. Zur Beruhigung hängte man schon mal einen Wasserschlauch in die Zelle hinein und ließ sie voll laufen oder nebelte ihn mit Reizgas ein.

Ekke revanchierte sich, indem er immer wieder seine Handschellen aufschloss und sie während der Freistunde aufs Dach warf. Die Rollkommandos bestanden aus zehn bis 20 Mann. Auch für den blonden Riesen zu viel. Oft genug biss er sich, wenn er schon auf dem Boden war, an einem Beamten fest. Erst wenn sie ihn bewusstlos geschlagen hatten, konnten sie seinen Kiefer öffnen.

Es gab Spezialisten, die ihm mit Knüppeln auf die Schienbeine schlugen. Das waren derartige Schmerzen, dass sogar sein Schließmuskel versagte. Voll geschissen ließen sie ihn zurück. Manchmal wurde er auch nackt auf den Tisch gefesselt und verharrte so tagelang, ohne Nahrung.

Aber „Ekke" blieb „Ekke". Bei nächster Gelegenheit zündete er seine Matratze an und löste Feueralarm aus. Hauptsache, der Vollzug hatte Arbeit mit ihm. Der Weisheit letzter Schluss war die Einweisung in eine psychiatrische Station.

Hier stand er 24 Stunden unter Beobachtung. Zeigte er aggressives Verhalten, schlug man ihn erst und verpasste ihm dann eine Beruhigungsspritze. Luminal und Liogen machten ihn bald willenlos. Man überließ ihn sich selbst und achtete lediglich darauf, dass er stoned blieb. Er pisste und schiss in die Zelle. War es zu viel, spülte man die Zelle einfach sauber.

Ein anderer Gefangener hatte es geschafft, sich einen LSD-Rausch zu verschaffen. Mit einem geschmuggelten Messer fiel er eine Ärztin an. Den Pflegern lieferte er einen beherzten Kampf. Dabei schrie er die ganze Zeit nach Ekke. Vielleicht in der Hoffnung, Beistand zu bekommen. Der Vorfall wurde aber anders interpretiert: Man sah in Ekke den Anstifter für diesen Mordanschlag. Das sollte kriminalpolizeiliche Vernehmungen nach sich ziehen.

Am 29. Oktober 1970 besuchten Ekke drei Herren von der Kriminalpolizei, Abteilung Mordkommission. In seiner engen Zelle richteten sie sich mit Schreibmaschine und Aktentasche einen Vernehmungsraum ein. Bald wurde es dunkel, außerdem war die Zelle zu eng. Die Kripobeamten bemühten sich also um eine neue, größere Zelle und ließen Ekke für kurze Zeit allein. Was hatte er schon zu verlieren in dieser Situation? Also dachte er sich, schaue ich mal nach, ob der Bulle was zum Rauchen mithat. Er öffnete schnell die Aktentasche. Ein Nichtraucher. Statt Zigaretten fand er die Dienstpistole des nachlässigen Beamten. Er zog die Waffe aus dem Holster und verschloss die Aktentasche wieder sorgfältig. Bei ihrer Rückkehr fanden ihn die Beamten betont lässig auf dem Stuhl sitzend vor. Man hatte andere Räumlichkeiten gefunden und zog nun mitsamt dem Gefangenen um.

Es folgte die altbekannte Prozedur. Nach der Aufnahme der Personalien setzten die Fragen ein: Wie lange kannten Sie den Mitgefangenen? Warum sind Sie auf der Krankenstation? Haben Sie das Messer schon mal gesehen?

Ekke grinste vor sich hin, erzählte Zoten und schwieg ansonsten. Er machte nie irgendwelche Angaben.

Dann kam der Spruch, der kommen musste, der immer kommt und der immer gleich dämlich ist: „Ihr Tatgenosse hat ausgepackt. Wenn Sie mit uns zusammenarbeiten, können wir für Sie ein gutes Wort einlegen. Sie begreifen doch, dass wir am längeren Hebel sitzen!"

Das bezweifelte Ekke ganz entschieden. Er beugte sich vor und flüsterte: „Herr Kommissar, ich könnte Ihnen ja etwas sagen, aber nur unter vier Augen." Gutgläubig nickte der seinen Kollegen zu, die daraufhin den Raum verließen.

„Nun, Herr Lehmann, was haben Sie mir denn zu sagen?"

„Tja, eigentlich nicht viel, außer dass ich Ihre Dienstwaffe habe", erwiderte der Hüne und zog die Plempe aus dem Hosenbund. Der Beamte verlor Farbe und seine Haltung.

„Mensch, Lehmann, det Ding is kaputt, deshalb traje ich se nich am Körper."

„Okay, Meister, versuchen wir doch mal, ob sie funktioniert", sagte Ekke und hob die Waffe unmerklich an.

„Halt, machen Sie keinen Mist. Was wollen Sie von mir?"

Ja, was wollte er eigentlich von ihm? Nicht einen Gedanken hatte er an diese Frage verschwendet. In diesem Augenblick öffnete sich die Zellentür und einer der Kollegen trat ein und zog sich sofort wieder zurück. Es wurde Herr Fansel, der Anstaltsleiter von Tegel, benachrichtigt. Der kannte natürlich seinen „Ekke" und stürmte in die Zelle.

„Rücken Sie die Attrappe raus, Lehmann! Schluss damit, wir spielen da nicht mit."

„Nein, nein, Herr Fansel, der Gefangene hat meine Dienstwaffe und die ist geladen."

Ekke straffte sich: „Herr Fansel, ich will von diesem Verdacht befreit werden, denn mit dem Mordversuch habe ich nichts zu tun. Ich will zurück in den Regelvollzug, ich will nicht mehr mit Medikamenten ruhig gestellt werden."

„Niemand will Ihnen Böses, Herr Lehmann! Das dient alles nur Ihrer Gesundheit."

Ekkes Blutdruck stieg.

„Sie wissen doch gar nicht, was in Ihrer Anstalt alles abgeht, Sie Clown! Machen Sie die Augen auf und sehen mich an. Die wollen mich fertig machen." Außer sich brüllte Ekke: „Das hält keine Sau aus. Es gibt ein Blutbad, wenn ich hier nicht rauskomme. Ich habe nichts mehr zu verlieren."

Direktor Fansel erkannte die Gefahr. Ohne Ekke aus den Augen zu lassen, ging er rückwärts zur Tür, um dann zu verschwinden.

Lehmann positionierte den Kommissar mit dem Rücken zur Tür und setzte sich selbst in die Ecke der Zelle, die von außen nicht einsehbar war. Er fühlte sich im Recht.

Was folgte, war eine Szene wie aus einem Action-Krimi. Ein Großaufgebot der Polizei riegelte das Anstaltsgelände hermetisch ab. Die Hauptpforte wurde durch einen Panzerwagen gesichert. Auf den Dächern lagen Scharfschützen. Auf dem Zellengang lauerte ein Sondereinsatzkommando. In der Zelle roch es nach Gewalt und Angst. Ekke verfolgte jede Bewegung des Polizisten misstrauisch. Die Waffe lag locker auf seinem Oberschenkel, die Mündung zeigte auf die Tür. Er wusste, dass sich die Senatsverwaltung bemühen würde, seine Frau, seine Familie und auch den Anstaltspfarrer zu holen.

Der Pfarrer kam dann auch und versprach, dass er bis zum Abend Urlaub haben könne, wenn er die Kanone rausrückte. Lehmann hatte sowieso bloß noch vier Wochen abzusitzen, es ging ihm doch nur darum, in dieser Zeit wie ein Mensch behandelt zu werden. Erst als Petra eintraf, willigte Ekke in den Deal ein. Der Justizsenator persönlich musste zusichern, dass man ihn unbehelligt ließ. Nur Petra und der Pfarrer sollten ihn begleiten, dann wäre er bereit, das Schießeisen an der Anstaltspforte abzugeben. Der Senator ließ sich darauf ein.

Als die drei zur Pforte gingen, glaubten sie die Uhren ticken zu hören. Noch lagen die Scharfschützen in Stellung. Eine Unzahl von Sicherheitskräften bildete das Spalier. Die wenigen Sekunden, bis Ekke die Waffe an der Pforte abgab, schienen sich endlos hinzuziehen. Dann war es so weit. Ekke übergab die Pistole. Ein Aufatmen ging durch die Reihen.

Das Gefühl, als er an allen vorbei zum Wagen des Pfarrers ging, zusammen mit seiner Frau, war die ganze Sache wert gewesen. Vom Pfarrer kutschiert, verließ er die ungastliche Stätte. Er umarmte seine Frau und sah dabei aus den Augenwinkeln, dass ihm drei Wagen folgten.

Er ließ sich in die Wohnung seiner Mutter fahren. Dort angekommen, registrierte er, dass er von Zivilbullen beobachtet wurde. Sie hatten die Abmachung nicht eingehalten. Er gab noch ein Interview, posierte für das eine oder andere Foto und beschloss, dass er sich auch nicht an die Vereinbarung halten musste. Sie hatten es ja nicht anders gewollt. Er floh durch den Hintereingang. Die Verfolger waren schnell abgehängt.

Fast täglich glaubte man, ihn gesehen zu haben. Razzien und Durchsuchungen waren die Folge und zahllose Zeitungsmeldungen:

„Blamage für die Kripo – Trotz Großfahndung: Lehmann wieder entwischt – Ausbrecherkönig in Lankwitz gejagt.“

Seine Probleme waren ganz anderer Natur. Mittlerweile war ihm zugetragen worden, dass seine Frau auf die schiefe Bahn geraten war und die Kinder vernachlässigte. Ekke war sauer. Er erwartete Treue und Zuverlässigkeit. Er redete und redete auf sie ein und schlug sie. Es half nichts. Er kämpfte gegen einen Gegner, den er nicht packen konnte: die Sucht. Aber nicht nur gegen ihre, sondern auch gegen seine eigene. Er war von den Medikamenten abhängig, die sie ihm auf der psychiatrischen Station eingeflößt hatten. Seine Mutter versuchte zu helfen. Sie nahm die beiden Kinder auf.

Anonyme Drohbriefe flatterten ins Haus: Ekke solle sich stellen oder seiner Familie würde etwas zustoßen. Also zwang er sich dazu, mit der Senatsverwaltung für Justiz zu reden. Er werde sich stellen, unter der Bedingung, seine Reststrafe in Plötzensee absitzen zu können. Das wurde abgelehnt: „So weit kommt es noch, dass sich ein Sträfling seine Anstalt selbst aussuchen kann!" Ekkes Reaktion: Er stellte sich nicht.

Während seiner Streifzüge durch die Stadt kam es immer wieder zu Begegnungen mit der Polizei. Einmal verfehlte eine Kugel nur knapp seinen Kopf. Und dann erwischten sie ihn doch.

Nun war aus dem Rüpel nach Meinung der Behörden ein ausgewachsener Straftäter geworden, ein Schwerkrimineller, ein Verwahrfall. Seine Latte, sein Sündenregister, hatte sich mächtig erweitert: Gefährliche Körperverletzung, Nötigung und Bedrohung von Beamten zierten seine Anklagen.

Das Sache mit der Dienstwaffe hätte böse enden können. Aber er kam mit dreieinhalb Jahren wegen Nötigung in einem besonders schweren Fall davon. Trotzdem ging seine Rechtsanwältin in Revision. Das Urteil wurde aufgehoben und in einen Freispruch umgewandelt: Ärztliche Gutachten belegten, dass Ekke nicht zurechnungsfähig gewesen war. Er sei abhängig von den Medikamenten gewesen, mit denen sie ihn ständig zugedröhnt hatten. Er wurde in die Bonhoeffer-Nervenklinik eingewiesen. Man brachte ihn in der forensischen Abteilung unter. Hier hätte er leicht ausbrechen können. Was ihn aber gefangen hielt, war das Umsorgtwerden. Man untersuchte ihn, man betreute ihn. Er war krank und man wollte ihm helfen. Der Entzug war schlimm genug. Schweißausbrüche, Krämpfe, Wahnvorstellungen. Durch immer kleinere Dosen des Giftes verringerte man allmählich sein Verlangen nach Luminal und Liogen.

Endlich war er die Sucht los. Er genoss die Spaziergänge in den Grünanlagen, hielt häufig ein Schwätzchen mit den Pflegern, und weil er freundlich und hilfsbereit war, gewann er bald ihr Vertrauen. Kleinere Reparaturen an ihren Autos machten sie entgegenkommend. So dauerte es nicht lange, bis Ekke den einen oder anderen Ausgang bekam, zum Einkaufen oder um seine Frau sehen zu können. Das wäre es, dachte er, hier kann ich meine Strafe absitzen.

Gut gelaunt nutzte Ekke einen dieser Ausgänge, um seine Frau überraschend zu besuchen. Er klingelte. Da stand sie vor ihm, ohne einen Fetzen auf der Haut, die Pupillen geweitet. Sie war high. Mit größter Anstrengung bat Ekke den Pfleger, der ihn begleitet hatte, auf der Straße zu warten. Er ging ins Schlafzimmer und sah das Spritzbesteck auf dem Tisch. Der Hass überwältigte ihn. Sein Sohn war taub zur Welt gekommen. Wahrscheinlich war ihre Sucht daran schuld gewesen.

„Wo hast du den Stoff her?"

Sie starrte ihn verständnislos an, zeigte keine Reaktion. Das Zimmer war vermüllt, die Bettlaken dreckig – ein feuchter Fleck fiel ihm auf.

„Wie heißt er? Wo ist er, du Schlampe?" Er fegte seine Frau quer durch den Raum. Er riss die Schranktür auf. Es war wie in einem schlechten Film: Vor ihm saß ein Typ mit schwarzer Hautfarbe – nackt, wie Gott ihn geschaffen hatte.

„Du Schwein, was hast du mit meiner Frau gemacht?", brüllte Ekke los. Er würde diesen Kerl zerreißen. Der Mann hatte bereits in der Hand verborgen einen Schlagring gehalten, den er jetzt überstreifte. Er ahnte nicht, mit wem er sich da anlegte. Ohne Gnade schlug Ekke ihm die Fäuste an den Kopf. Fußtritte prasselten auf ihn ein, bis er schwer verletzt im Flur liegen blieb.

Petra hatte sich im Badezimmer eingeschlossen. Mit wenigen Tritten fetzte Ekke die Tür beiseite, zerrte seine Frau heraus und schlug auf sie ein. Erst das Einschreiten des begleitenden Pflegers ließ ihn zur Besinnung kommen. Ekke wusch sich das Blut ab und ging wortlos.

Zurück blieb seine drogenabhängige Frau. Aus Angst vor Ekkes Rache erstatte sie keine Anzeige. Auch ihr Liebhaber, ein Amerikaner, hielt still. Schon einen Tag später hatten die Drogen sie wieder in ihren Bann gezogen. Prellungen und blaue Flecke wurden übertüncht – Petra ging wieder auf den Strich.

Sie hielt sich von diesem Tag an nur noch in Verstecken auf. Die Tragödie nahm ihren Lauf. Das Sorgerecht wurde dem Vater aberkannt. Petra gab sich ganz auf. Den dreijährigen tauben Thomas lieferte sie wie ein lästiges Paket auf dem Amt ab. Setzte ihn Knall auf Fall auf den Tisch und verschwand mit den Worten: „Da, nehmen Sie ihn, ich will ihn nicht mehr."

Der Junge wurde in ein Heim nach Westdeutschland verbracht. Der Kontakt zum Vater brach ab. Auch bei der vierjährigen Schwester schlug der Arm des Gesetzes zu, obwohl sie von Ekkes Mutter gut versorgt worden war. Lange Zeit blieb sie in einem Heim bei Berlin. Nach Jahren des Kampfes bekam ihre Großmutter schließlich doch das Sorgerecht zugesprochen.

Ekke und Petra trennten sich. Schwer hatte es ihn getroffen, dass seine große Liebe gescheitert war. Insgeheim wusste er, dass er seinen Teil dazu beigetragen hatte. Trotzdem: Von nun an konsumierte er die Frauen nur noch.

Nachdem sein Klinikaufenthalt beendet war, musste der Ausbrecher in seine Sonderzelle zurück. Depressionen quälten ihn. Noch nie hatte ihn das Alleinsein dermaßen getroffen. Er litt, aber er ließ sich nichts anmerken.

Delikt reihte sich an Delikt, Strafe an Strafe und Monat an Monat. Alle Versuche, sich aus der Isolation zu befreien, fruchteten nichts.

Irgendwann war er aber wenigstens nicht mehr allein: Ein Goldhamster namens Rudi teilte sich die Zelle mit ihm. Obwohl es gegen die Gefängnisordnung war, hielten sich einige Knastbrüder Haustiere. Rudi war mit allem versorgt, er hatte seinen eigenen Käfig mit einem Laufrad. Nachts war Rudi besonders aktiv. Der Krach raubte Ekke den Schlaf. Ein Riegel für das Laufrad musste her. Als Ekke bei seinem Hofgang ein „kleines

Stöckchen" fand, hob er es mit seinen gefesselten Händen auf. Vielleicht hätte er vorher fragen sollen.

„Hinwerfen!", schrien die Beamten. Ekke raste das Blut in den Schläfen. Er weigerte sich, Alarm wurde ausgelöst. Aus fünf Beamten wurden 20, mit Schlagstöcken. Ekkes Augen wurden schmal, mit dem Rücken suchte er Deckung an der Wand und nahm den Kampf an. Die Meute stürmte los. Der ersten Welle konnte er noch standhalten, teilte aus und steckte ein. Dann aber sank er allmählich unter den Hieben und Tritten zu Boden. Viele seiner Mitgefangenen, die die Szene aus ihren Fenstern beobachteten, hätten alles gegeben, um ihm zur Seite zu stehen.

Ekke lag im Dreck, übersät mit Platzwunden und Prellungen. Mehrere Rippen waren gebrochen, die Nieren gequetscht und er hatte innere Blutungen.

„Und das alles nur wegen 'nem kleinen Stock für den Hamsterkäfig …"

Man schleifte ihn in seine Zelle und verriegelte sie. Kein Arzt, keine Nachfrage. Neun Tage lang genoss er die Qualen der Selbstheilung. Die Anstaltsleitung musste befürchten, dass der Fall an die Öffentlichkeit gelangte. Also ging man in die Offensive und erstattete Anzeige.

In der Presse las sich das dann so:

„Ekke lief Amok. Ausbrecherkönig mit Vierkantholz auf Beamte. Fünf Beamte verletzt. Rasender nur mit Mühe überwältigt."

Niemand fragte, wie ein gefesselter Gefangener fünf Beamte zusammenschlagen konnte. Von dem ominösen Vierkantholz blieb vor Gericht nur ein dünner Stock übrig. Deshalb bekam Ekke auch nur sechs Monate auf zwei Jahre Bewährung für Körperverletzung und Widerstand gegen die Staatsgewalt.

Zwölf Monate nach dem denkwürdigen Kampf stand wieder einmal eine Gerichtsverhandlung an. Angeklagt wurde er wegen einer Bagatelle aus den Tagen in Freiheit. Man legte ihm zur Last, das Motorrad eines Polizisten beschädigt zu haben. Im Sammeltransport ging es von der JVA Tegel zur UHA/JVA Moabit, wo auch das Amtsgericht Tiergarten ansässig war.

Ekke saß in einem Kellerraum, der nur durch eine Schleuse zu erreichen war, die von einer Kamera überwacht wurde. Einer nach dem anderen wurde zu seinem Gerichtssaal geführt, bis er endlich alleine war. Sofort entledigte er sich seiner Handfesseln, indem er sie aufschloss – mit einer Nadel, die er immer im Jackenärmel bei sich trug. Er konnte nicht anders. Er klopfte Wände und Decke ab. An der Decke wurde er fündig: „Poch, poch ... pak, pak" – ein Hohlraum. Wie ein Urvieh riss er an den Brettern der Bank, auf der er gestanden hatte. Sie widersetzte sich nicht lange. Mit Brachialgewalt hieb er mit einem Brett gegen die Decke. Putz flog herum, ein Höllenlärm, aber niemand kam. Dann stieß das Brett ins Leere, er war durch. Es war ein Luftschacht. Nun riss er an den Rändern, bis die Öffnung frei war. Das Sperrgitter war ein Witz. 60 Zentimeter in der Breite warteten darauf, ihn aufzunehmen. Noch einmal lauschte er. Nichts. Dann federte er von der Bank ab, krallte seine Klauen in den Rand der Öffnung, mit einem Unterschwung stieß er seine Füße in den Schacht.

Der verdreckte Fluchtweg ging waagerecht weiter, ungefähr fünf Meter. Dann stieß er mit den Füßen an ein Hindernis, ein Gitter. Niemand war in der Nähe. Mit aller Kraft verkeilte er seinen Oberkörper an den glatten Wänden und versuchte das Gitter an seinen Füßen zu lösen. Es ging nicht. Seine Zornesadern schwollen an, das Gitter gab nach. Er ließ sich fallen, schlug den Dreck ab, sah sich um und fand sich in der Gerichtskantine wieder.

Niemand da? Die geballte Faust entspannte sich. Lange umsehen wollte er sich nicht. Er hatte ja nicht vor, hier zu speisen. Er nahm den direkten Weg nach draußen, durch das Gerichtsgebäude, durch den Haupteingang, in die Freiheit – und schlenderte davon.

Er geriet in Sichtweite eines Polizeifahrzeugs, das gerade vorbeifuhr. Der Fahrzeugführer war sich nicht ganz sicher, ob das Lehmann gewesen war. Also fragte er im Gebäude nach, ob schon gegen Lehmann verhandelt sei, er habe ihn eben vor dem Gericht gesehen. Völlig unmöglich! Was für ein Spinner. Na gut, man kann ja mal nachsehen.

Blaulicht und Räderquietschen überall, man sperrte weiträumig ab. Ekke kannte sich in Moabit nicht aus. Diesmal war sein Gegner im Vorteil. Sein Bauch riet ihm: „Weg von der Straße! Sie rechnen damit, dass du mit den Öffentlichen wegfährst. Bleib hier, das erwarten sie nicht." Er lief in einen nahe gelegenen Park. Er peilte einen Sperrmüllhaufen an, warf sich hinter eine Couch, vergrub sich ein wenig im Dreck, beobachtete das aufgeregte Treiben und verharrte dort stundenlang – regungslos. Als es sich in der Gegend beruhigt hatte, kroch ein entspannt pfeifender Ausbrecherkönig aus dem Müll hervor.

Bereits einen Tag nach seiner sensationellen Flucht hatte Ekke ein geheimes Treffen mit Reportern arrangiert. Der Ausbrecherkönig bat zum Interview. Er redete sich alles von der hasserfüllten Seele und deutete auch an, dass ihn die Maßnahmen des Vollzuges zur Flucht gezwungen hätten und nicht irgendein innerer Drang. Gern hätte er den Vollzug zur Weiterbildung genutzt, stattdessen müsse er sich von den Beamten drangsalieren lassen. Das liege wohl daran, dass er bereits fünfmal abgehauen sei. Dafür lasse man ihn jetzt büßen. Als ob er ein Schwerverbrecher wäre.

Die Antwort der Justizvollzugsanstalt ließ nicht lange auf sich warten: Alles sei erstunken und erlogen. Ekke sei faul und aufsässig.

Eine dritte Erklärung lieferte Ekkes Mutter. Sie wies in einem Zeitungsbericht darauf hin, dass ihr Sohn krank sei. Eine Überfunktion der Schilddrüse sei schuld an seinen emotionalen Ausbrüchen.

Ekke war in Freiheit. Es ging ihm gut, aber ihm war langweilig und er wurde leichtsinnig: Immer öfter verließ er seine Verstecke und wurde gefasst. Wieder im Knast ...

Ein Vierteljahr später wurde Ekke ein fünftägiger Sonderausgang von seinem Abteilungsleiter gewährt. Ekke bat darum, ein paar Tage länger draußen bleiben zu können. Er musste familiäre Dinge regeln. Das ging zwar nicht, aber man verlängerte die Frist um zwei Stunden. Ekke willigte ein.

Dann ging im Gefängnis ein anonymer Anruf ein: Lehmann komme bewaffnet zurück, um weiteren Urlaub zu erpressen. Als Ekke von seiner Noch-Ehefrau im Auto nach Tegel zurückgefahren wurde, empfing sie dort ein riesiges Polizeiaufgebot.

Es dauerte nur wenige Sekunden, bis er Petra das Kommando gab: „Dreh um!"

Sie fuhren nach Lichterfelde zurück. Ekke setzte sich sofort mit seiner Anwältin in Verbindung. Sie versuchte zu vermitteln. Nichts ging. In den Zeitungen wurde er als Wortbrecher beschimpft.

Ekke wurde bald wieder verhaftet. Gewalt, Härte und Strenge fruchteten bei diesem Gefangenen nicht, im Gegenteil, sie steigerten nur seinen Widerstand. Man versuchte es nun mit einem Gentlemen's Agreement: Ekke würde in den Genuss von allerhand Vergünstigungen kommen, wenn er seine Provokationen in der Öffentlichkeit unterließe und den Justizapparat nicht weiter blamieren würde. Damit konnte er gut leben.

Hamster Rudi bekam Gesellschaft: Ein Aquarium stand jetzt in Ekkes Zelle. Poster hingen an den Wänden. Er durfte sich

Bücher kommen lassen, konnte endlich Kurse besuchen, die die Volkshochschule in der JVA veranstaltete. Er blieb bei der Malerei hängen. Der grobe Klotz zauberte Ölgemälde auf die Leinwand. Seine liebsten Motive: Schiffe. Seine Werke wurden schnell besser und schmückten bald die Wohnungen seiner Angehörigen und Freunde.

Er bekam auch eine Bastelgenehmigung. Das Material war teuer, aber er konnte sich jetzt ja relativ frei im Bau bewegen. Hier ein Stück Rückwand vom Schrank, dort ein Bettlaken aus der Wäscherei; so hatte er bald einen ordentlichen Fundus zusammengeklaut. Was nicht rumlag, konnte er intern bestellen. Bezahlt wurde, wie üblich, meist mit Schwingen, Kaffee und Tabak.

Er baute historische Schiffsmodelle. Mit der Laubsäge in reinster Filigranarbeit entstanden kleine Kunstwerke – wenn er die Baupläne hatte, maßstabsgetreu. Eins seiner Schiffe wurde sogar ans Verkehrsmuseum verkauft.

Aber so ganz stillhalten konnte Ekke natürlich nicht. Zu Silvester 1973 hatte er eine zündende Idee: Er besorgte sich Schwarzpulver – dank seiner guten Beziehungen überhaupt kein Problem. Aus Konservenbüchsen, einem Batteriezünder, dem Pulver und Glasscherben bastelte er eine gefährliche Bombe und spazierte durchs Haus, um den Sprengkörper kurz vor „Einschluss" vor der Wachzentrale zu deponieren. Die Überraschung war perfekt. Man glaubte an einen linksterroristischen Anschlag. Ekke amüsierte sich köstlich.

Neben Späßen dieser Art vertrieb man sich die Zeit beim Zocken: Der gemeine Pilotfisch, Saugschmerle oder Hiwi spielte um Zigaretten oder Kaffee. In der Männeretage ging es schon eine wenig härter zu. Einsätze von 5000 Mark bis „ohne Limit" lagen auf dem Tisch. Bar. Gespielt wurde um Bars, deren Besitzer einsaßen, um Jünglinge aus dem Trakt und um Machtbereiche, Organisationskanäle, um die Hierarchie im Bau. Das

Kartenspiel wurde „Klammern" genannt: Wenn die Runden zusammentrafen, dann hatte kein Knastbulle Zutritt. Und die Beamten hielten sich dran.

Dann war tatsächlich der Tag gekommen, an dem Eckehard Lehmann offiziell aus der JVA Tegel entlassen wurde.

Im Drogensumpf

Man schrieb das Jahr 1974. Ekke kam aus dem Knast. Er stürzte sich in die Freiheit wie ein Raubtier auf sein Opfer. Seine Energie und auch sein Hass suchten ein Ventil. Was hatte er alles verloren! Seine Ehe, seine ganze Familie war kaputt. Ein Schuldiger musste her. Petra? Nein, die Drogen waren an allem schuld.

Er nahm die amerikanische Drogenmafia ins Visier. In Berlin konnte er keine Waffe kaufen, viel zu riskant. Also stieg er in einen Leihwagen, fuhr nach Österreich und kaufte dort eine Winchester, steckte sie in die Türverkleidung des Autos und fuhr nach Berlin zurück.

Er begann mit Schießübungen. Im Liegen, im Fallen, aus der Hüfte, über die Schulter, unter dem Arm durch. Stundenlang quälte er sich mit Trockenübungen. Für die scharfen Schüsse wählte er sorgfältig die Plätze aus. Dank seiner natürlichen Begabung wurde aus ihm schnell ein hervorragender Schütze.

Die Diskothek „White Horse" galt als Szenetreff. Kauf, Verkauf und Konsum fanden hier statt. Die Strukturen hatte Ekke schnell durchschaut: Der Käufer wandte sich zunächst an den Türsteher. Nach kurzer Kontrolle deutete der meist mit dem Kopf auf einen „harmlosen Passanten". Das Kopfnicken war ein positives Signal für den Dealer. Zeigte der Rausschmeißer aber mit dem Finger auf ihn, wusste er, dass der Kunde auch ein Bulle sein konnte. Lief alles glatt, einigten sich die beiden auf einen Preis und ein Briefchen wechselte den Besitzer. Zielstrebig ging der Kunde dann in die Toilette und verschloss sich in einer Kabine.

Nach dem Verkauf ging der Dealer in einen nahe gelegenen Park und holte ein neues Briefchen aus einem Bunker, in dem der Stoff portionsweise gelagert wurde. Im Falle einer Überprüfung hielt er so den Verlust und das Risiko einer Strafverfolgung ziemlich gering. Natürlich stand er ganz unten in der Hierarchie: Er bezog die Drogen vom Kleindealer. Der wiederum kaufte vom Großverteiler, falls nicht noch jemand dazwischengeschaltet war. Ganz oben operierte der Schieber, den man nie zu Gesicht bekam. Von Stufe zu Stufe wurde das Zeug teurer, schließlich wollte jeder daran verdienen.

Justiz- und Polizeiapparat war viel zu schwerfällig, um irgendetwas an der Situation ändern zu können: Man brauchte ja schließlich immer Beweise.

Ein Problem, das Ekke nicht hatte.

Er verfolgte die „Drogis" bis auf die Toilette und nahm ihnen das Briefchen weg. „Wo ist das Zeug her?" War die Antwort unbefriedigend, landete der Stoff im Klo. War die Antwort hilfreich, konnte er dem Käufer zusetzen, den Straßenhändler verjagen und so die Deals zumindest kurzfristig erschweren.

Endlich gelang es ihm, einen Dealer am Parkbunker zu überraschen. Er schlug ihn zu Boden und nahm ihm seine Tasche ab.

Eine riesige Menge Stanniolpäckchen lag darin. Ekke empfahl ihm, seine Quelle preiszugeben, oder seine Gesundheit würde Schaden nehmen. Der Dealer beteuerte, er wisse gar nichts. Da war Ekke ganz anderer Meinung. Er begann den Stoff genüsslich zu „verblasen". Der Dealer wurde unruhig und nannte Ekke schließlich doch Namen und Adresse seines Lieferanten. Ekke stopfte ihm die Briefchen in die Klamotten und nahm ihm sein Messer weg. Am Auto angekommen, legte er ihm Handschellen an, stieß ihn auf den Rücksitz und fuhr los.

Ekke schlich die Treppen hoch und fand schnell die Wohnung des Dealers.

„Wer ist da?"

„Ein Kunde."

Die Pause dauerte einen Deut zu lange. Ekke trat die Tür ein und schlug dem Typen mit der Winchester auf den Schädel, gerade noch rechtzeitig, bevor der seine Knarre aus einer Schublade ziehen konnte. Dann schleifte er sein bewusstloses Opfer zur Heizung und band ihn mit der Telefonschnur fest. Mit einer Kiepe Wasser holte er ihn zurück.

„Pass auf, du kleine miese Ratte, ich drücke dir die Ladung in die Kaldaunen, wenn du nicht auspackst!" Während der Dealer noch lamentierte, hatte Ekke ihm mit seinem Gürtel bereits den Arm abgebunden. Ein Löffel, das Gift drauf, Ekke zückte sein Feuerzeug.

„Stopp", stöhnte der Ami auf, „ich zeig dir das Versteck. Bind mich los."

„Nüscht gibt es, rück mal raus, dann binde ich dich los."

„Der Spülkasten."

Ekke schlug ihn nieder. Eingeschweißter Stoff. Sicherlich viel, viel Geld wert. Ekke zögerte keine Sekunde. Er schnitt den Packen auf und kippte das Pulver ins Klo. Genüsslich betätigte er die Spülung. Dann band er dem Mann eine Hand los, damit der sich befreien konnte, wenn er wieder zu sich kam. Er steckte seine Kanone ein und ging zum Auto. Den Straßenhändler jagte er davon, nicht ohne ihm vorher den restlichen Stoff abgenommen zu haben. Das Zeug landete im nächsten Gully. Ekke pfiff sich eins und nahm gut gelaunt noch ein paar Drinks in einer Bar.

Die Szene wurde immer nervöser. Man fühlte sich erheblich gestört. Auch auf dem Strich in der Kurfürstenstraße florierte das Geschäft. Es war einfach für Ekke, von den drogenabhängigen Nutten Infos über Kleindealer zu bekommen.

Eines Abends, als Ekke wieder auf der Pirsch war, hielt ein gepflegter Ford Transit neben ihm. Fünf schnieke Herren, wahrscheinlich Zuhälter, stiegen aus. Der „Big Man" des Trupps machte einen auf dicke Hose: „Verpiss dich, du Stinker! Du kotzt uns an."

Sein stiernackiger Kollege ergänzte: „Und wenn du nicht begreifst, Langer, dann knallt's!" Bevor sie nach ihren Waffen greifen konnten, hatte Ekke schon seine Kanone gezogen und platzierte eine schöne Serie von drei Schüssen präzise nebeneinander in den Transit.

Die folgende Sekunde war endlos. Entweder sie konnten oder sie wollten nicht. Ekke richtete die Kanone auf den Anführer. Dann zogen sie sich tatsächlich zurück, stiegen in den Ford und rasten davon.

Ekke war sich nicht klar darüber, was er in dieser Zeit eigentlich trieb, mit welchen Leuten er sich anlegte. So wurde eines Tages ein Kopfgeld von 25.000 Mark auf ihn ausgesetzt.

Er trieb sich mal wieder in einer Disko rum. Seit einer Weile schon machte ihn eine Dunkelhaarige ziemlich an. Ekke spielte den Coolen. Also musste sie die Initiative ergreifen. Als neben ihm an der Bar ein Patz frei wurde, saß sie auch schon da.

„Oh Boy, bist du einsam, willst du reden?", drang es aufreizend an sein Ohr. Lehmann bestellte zwei Drinks. Nach einigem

Geplänkel rückte sie damit raus, dass sie scharf auf ihn sei. Ekke tat immer noch eiskalt und fragte sie, was denn für ihn der Kick an der Sache sein könnte.

„Zwei Titten und die Höhe des Kopfgelds, das man auf dich ausgesetzt hat."

Er packte sie am Arm. „Was soll das heißen?"

Sie pokerte: Sie wollte mit ihm ins Bett. Danach würde sie ihm alles sagen. Im Nebengebäude gab es Zimmer. Was blieb Ekke anderes übrig, als sich von ihr beglücken zu lassen. Er sagte ihr, wie sie Zunge und Finger benutzen sollte, sie machte alles mit. Erst als er glaubte zu bersten, nahm er sie – mit einer Wucht, der er erst wieder Herr wurde, als er ausströmte.

Ekke ging sofort unter die Dusche. Die Schlampe war für ihn erledigt, jetzt musste sie reden. Also ranzte er sie erst mal an, als er von der Dusche zurückkam. Schnell warf sie sich einen Bademantel über und zog ihn ans Fenster. „Dahinten, siehst du den blauen Opel? Das ist er. Den haben die Dealer auf dich angesetzt."

„Kennst du die Type?"

Das Mädchen verneinte, konnte aber berichten, dass es sich wohl um einen ehemaligen Fremdenlegionär handele. Sie zog sich an und brachte ihn zum Hinterausgang.

Ekke durchquerte den angrenzenden Park, legte sich hinter einen Busch und beobachtete das Treiben. Der Morgen graute bereits, als es ruhiger wurde. Der Opel stand immer noch da. Das Seitenfenster war geöffnet. Ekke schlug in gebückter Haltung einen Bogen und kam wenige Meter hinter dem Wagen aus dem Gebüsch. Der Mann im Opel war überrascht, als er den kalten Stahl der Waffe an seiner Schläfe spürte. „Hände aufs Lenkrad und keine Bewegung! Ich weiß alles. Überleg schnell, was dir dein Schädel wert ist."

Der Legionär antwortete völlig ruhig: „Wie bist du auf mich gekommen?"

Ekke war baff. „Egal, das ist egal. Was zahlst du mir?" Das belustigte Glucksen des anderen machte ihn wahnsinnig.

„Wenn du meinst, du musst schießen, dann schieß doch!"

Hier traf der Ausbrecherkönig auf jemanden von seinem Kaliber. „Wer hat dich beauftragt?"

„Pass auf, Partner, ich sichere dir zu, ich mach den Handel rückgängig."

Der Typ war abgezockt, ein ganz schwerer Junge!

„Was für Sicherheiten hab ich?"

„Mein Wort."

Er musste ihm glauben. „Sei's drum, Bruder", brummte Ekke, „ich glaube dir."

Der Mann nickte ernst. Ekke sah ihn nie wieder.

Ekke hörte nicht auf, er konnte es nicht. Ein Kumpel, dessen Braut, eine Lisa Bartmann, auf dem Drogenstrich anschaffen ging, gab ihm einige Tipps über das Milieu. Eines Tages wurde Ekke zu Hause verhaftet. Völlig überraschend und ohne dass er wusste warum.

Man warf ihm Vergewaltigung vor, Lisa Bartmann sei das Opfer. Er sollte gesagt haben: „Ich bin der Ausbrecherkönig, mach's mir umsonst." Ausgerechnet er, der täglich mehrere Mädels abschleppen konnte, wenn er wollte. Sogar dem Haftrichter kam das seltsam vor und er entließ Eckehard Lehmann. Leider hatte das wenig zu bedeuten. Der Staatsanwalt verfolgte die Anzeige weiter.

Nach einigen Tagen betrat er wieder seine Stammdisko.

Der Platz neben ihm blieb leer. Die Stimmung war gedrückt. Es dauerte nicht lange, bis zwei kräftige Männer links und rechts neben ihm Platz nahmen. Sie führten ihre Unterhaltung über Ekke hinweg, den das mächtig nervte. Er ahnte schon, was kommen würde. Als dann noch ein Glas „versehentlich" umgestoßen wurde, war er bereit.

Er federte vom Sitz hoch, drehte sich blitzschnell und schleuderte mit dem rechten Fuß den ersten Gegner gegen den Tresen. Drehte sich auf die linke Seite und schlug dem zweiten Mann mit voller Wucht seinen linken Ellenbogen an den Kopf. Er stand mit dem Rücken zum Tresen, die Fäuste leicht erhoben, und erwartete die Meute.

Ekke machte sie platt. Dann machte er sich auf den Weg nach draußen. Im Eingang stoppte ihn ein fetter Ami und hielt ihm eine Knarre an den Kopf. Das war nun das Allerletzte, was Ekke vertragen konnte. Ohne zu überlegen, hämmerte er dem Schwarzen mit seiner Faust auf den Schädel. Der Hieb war dermaßen stark, dass es den Amerikaner nach draußen warf, wo er besinnungslos liegen blieb.

Ekke war ihm nachgerannt. Mitten in der Bewegung bemerkte er, dass links und rechts neben ihm der Mauerputz abplatzte. Ekke ließ sich fallen und spähte nach vorn. Er sah es blitzen: Mündungsfeuer. Ganz american style stand dort ein Mann und feuerte auf ihn. Ekke drückte sich an den Boden. Vor sich sah er die Pistole des Schwarzen liegen. Er packte sie und schoss, ohne Deckung, auf seinen Gegner. So konnte er ihn in Schach halten.

Gleich zu Beginn hatten Anwohner die Polizei alarmiert. Die Beamten trafen ein und nahmen alle Beteiligten fest. Durch seinen Anwalt erfuhr Ekke, dass er sich mit dem Criminal Investigation Command, 6th MP Group angelegt hatte, beziehungsweise: die sich mit ihm. Sie hatten ihn umlegen wollen, weil er ihre Drogengeschäfte störte.

Der Störenfried wanderte wieder nach Alt-Moabit. Es dauerte noch neun Monate, bis man ihn vor Gericht lud, neun Monate in einer Einzelzelle. Sechs Beamte begleiteten ihn zum Gerichtstermin. Man hatte ihm ein kleines Register gebastelt. Unter anderem las man dort auch wieder etwas über die angebliche Vergewaltigung der drogenabhängigen Braut seines Kumpels. Also: Vergewaltigung mit Freiheitsberaubung, drei gefährliche Körperverletzungen in Tateinheit mit unerlaubten Waffenbesitz.

Ekke vermutete jetzt, dass die amerikanische Drogenmafia hinter der Falschaussage von Lisa Bartmann steckte. Wahrscheinlich hatten sie ihr Geld geboten oder ihr gleich Drogen zugesteckt, damit sie ihn anzeigte.

Die Befragung von Lisa Bartmann war ein Farce. Das Erscheinungsbild der Prostituierten war übel: Stöckelschuhe, verfilzte Haare und ein glasiger Blick, der sofort verriet, wofür sie ihren Lohn ausgab. Der Richter behandelte sie höflich und legte eine bewundernswerte Geduld an den Tag. Sie brauchte eine halbe Ewigkeit, um ihre Personalien zu ordnen, stammelte rum. Aber niemand zweifelte an ihrer Glaubwürdigkeit, selbst der Gerichtspsychologe nicht. Also wurde sie als Zeugin zugelassen. Man war sich schnell darüber einig, dass eine erneute Aussage nicht nötig sei, die polizeiliche Vernehmung von Frau Lisa Bartmann sei absolut ausreichend. Ekkes Anwalt konnte nichts zu seiner Entlastung beitragen, ein mieser Pflichtverteidiger.

In Bezug auf die Schlägerei und den Schusswechsel waren die übrigen Beteiligten der Meinung, dass alle Aktionen von Lehmann ausgegangen seien. Er alleine sollte also sechs Männer angegriffen, drei davon schwer verletzt, sich der zivilen Militärpolizei widersetzt und einen der Topleute niedergeschlagen und ihn entwaffnet haben, um schließlich auf den verbleibenden Mann das Feuer zu eröffnen?

In Ekkes Kopf rauschte es gewaltig, das Gericht folgte dieser Logik: fünf Jahre, die längste zusammenhängende Verurteilung, die er je bekommen hatte. Ekke wusste, dass er gnadenlos aufgeräumt hatte. Aber sein Rechtsverständnis konnte das Unrecht nicht sehen, das er begangen haben sollte. Man hatte ihn gelinkt. Mit 29 würde er hinter den Mauern von Tegel verschwinden. Man hatte seine damalige Sonderzelle erhalten, wohl wissend, dass Ekke eines Tages zurückkehren würde.

Die Knastroutine nahm wieder ihren Lauf. Seine Kontakte und seine Intelligenz verhalfen ihm schnell zu dem einen und anderen Vorteil, er stand bald ganz oben in der Hackordnung, machte Geschäfte und wurde als Organisator unentbehrlich.

Die Beamten, die Ekke näher standen, profitierten davon, die Leinen etwas lockerer zu lassen. Weil er nie belogen und betrogen hatte, vertrauten die meisten Gefangenen ihm blind. Nach und nach baute Lehmann einen Im- und Export auf, der sich sehen lassen konnte.

Auf den Bestellzetteln standen bald die tollsten Wünsche: Schusswaffen, Alkohol, Gummipuppen, Vibratoren, Rauschgift, Sprengstoff, Eisbein.

Als Export wurden besonders gerne Ausgangsscheine, Sonderurlaube, Telefonate und Sondersprechstunden gehandelt. Sehr lukrativ war auch der Handel mit Paketscheinen an Geburtstagen oder zu Weihnachten. Man munkelte auch von der Möglichkeit, etwas über den Wachturm gelangen zu lassen, per Seil, an dem ein Paket hing und das seltsamerweise hochgezogen wurde. Man tuschelte, dass Hausakten kopiert werden könnten und dass Turmposten zeitweise erblindeten, Tabletten und Spritzen sollten direkt vom Sanitäter zu bekommen sein. Fakt war, dass der Bestellservice eine neue Blüte erlebte – und Ekke genoss seine Macht.

Bald gab es noch ein weiteres Highlight in seinem Dasein: Eine Verflossene meldete sich. Ekke schickte ihr eine Sprecherlaubnis. Am Besuchstag rasierte er sich und zog sich frische Anstaltskleidung an. Völlig untypisch für Ekke. Nachdem man ihn aufgerufen hatte, wurde er durchgeschlossen und setzte sich ihr gegenüber im Sprechzentrum an einen Tisch.

Angela war etwas älter als Ekke, wirkte aber noch sehr jugendlich. Sie war verlegen. Er mimte mal wieder den Harten, sein üblicher Selbstschutz. Aus diesem ersten Besuch entwickelte sich aber trotzdem ein regelmäßiger Kontakt.

Sie schleppte alles an, was er wollte. Er war zufrieden, so sollten Frauen sein: treu und ergeben. Auch Angela ging es gut, sie fühlte sich unentbehrlich. Ihr Lohn waren Einzelsprechstunden, in denen sie ohne Aufsicht waren. Sie liebte es, ihren Ekke zu verwöhnen und sich von ihm so durchvögeln zu lassen, dass sie danach kaum noch auf ihren eigenen Beinen die Anstalt verlassen konnte. Sie hoffte, dass er sie irgendwann heiraten würde.

Ekke war nicht in Angela verliebt, außerdem lag ihm das Scheitern seiner Ehe mit Petra noch schwer auf der Seele. Aber die einsamen Nächte im Knast machten ihn mürbe. Sie war willig, folgte ihm bedingungslos, sie war ganz anders als Petra. Warum also nicht? Die Gefühle würden schon noch kommen.

Die Knastheirat war grau und fade. Eine Hochzeitsnacht gab es auch nicht. Frau Lehmann aber war glücklich, voller Stolz trug sie ihren Ehering. Für Ekke war sie primär eine Schlepperin, die treu zu sein hatte. Manchmal rief er sie spontan zu Hause an. Wenn sie nicht da war, gab es eine riesige Szene. Er warnte sie vor Untreue: „Dann ist Schluss!"

Eines Sonntagmorgens kam, was kommen musste: Eine Männerstimme meldete sich bei Angela zu Hause am Telefon.

„Hallo Schatz, schön, dich zu hören", flötete Angela, als der Mann den Hörer weitergereicht hatte.

„Du miese kleine Schlampe, du wirst noch merken, was du davon hast!"

Angela wusste, dass sie in Gefahr war. Ekke war in der Lage, aus dem Nichts einen Plan zu entwickeln. Abends rief sie in Tegel an und ließ sich mit Haus III verbinden. Sie erzählte dem Beamten, dass sie Streit mit ihrem Mann gehabt habe.

„Plant Ihr Mann etwa einen Ausbruch? Wann? Wie?"

„Nein, nein. Sie wissen doch, wie er ist. Er hat mir gedroht. Ich würde ihm gern alles erklären. Können Sie mir beim nächsten Sprechtag einen Beamten dazusetzen?"

„Frau Lehmann, sie kommen doch schließlich freiwillig, einen persönlichen Schutz können wir nicht bieten, aber ich werde Ihren Anruf weitermelden."

Da hatte sie Ekke nun etwas eingebrockt, dessen Reichweite ihr in dem Moment nicht klar war.

Am nächsten Tag wurde Ekke zum zuständigen Sozialarbeiter gerufen. Die Anstaltsleitung hatte eine besondere Verfügung erlassen. Ab sofort wurde Ekke stets von Beamtem zu Beamtem übergeben und war keine Sekunde mehr ohne Aufsicht. An Gruppenveranstaltungen konnte er nur noch nach vorheriger Prüfung mit Ausnahmegenehmigung teilnehmen. In einem Kontrollbuch wurden alle Verhaltensauffälligkeiten festgehalten. Die Isolierung, die extreme Bewachung und alle anhängigen Maßnahmen lähmten Ekkes Geschäfte, und nichts war hier drinnen so wichtig wie Präsenz: Neuankömmlinge mussten beeindruckt, das Revier verteidigt und Kunden betreut werden.

Er kochte vor Wut. Belogen, verraten und betrogen hatte sie ihn. Wieder nur Einzelfreistunde und Aufsicht rund um die Uhr.

Zeit verging, und allmählich wurde ihm wieder einiges genehmigt. Er nahm den Kontakt zu Angela wieder auf. Alles schien friedlich. Eines Tages wünschte sich Ekke von seiner Frau Nacktfotos. Er beschrieb die Stellungen, in denen sie sich ablichten lassen sollte. Sie lehnte ab. Ekke erinnerte sie daran, dass sie ihm etwas schuldig sei, redete von Treuebeweisen. Sie gab nach.

Was Angela nicht sah, war das gemeine Grinsen, das über sein Gesicht huschte, als sie ihm die Polaroids brachte. Sie war seit dem Anruf für ihn erledigt. Ihr den Unterkiefer zu zertrümmern, wäre zu einfach gewesen. Ekke ließ die Bilder vervielfältigen und in Angelas Nachbarschaft und an ihrem Arbeitsplatz aushängen.

Die Erniedrigung war perfekt. Tagelang wurde Angela von Heulanfällen geschüttelt. Sie kündigte ihren Job, ihre Wohnung und reichte die sofortige Scheidung ein. Ein letztes Mal quälte Ekke sie. Er verweigerte die Scheidung – bis das Trennungsjahr vorbei war. Zwölf Monate musste sie noch warten.

Ekke war wieder in seinen alten Rhythmus gefallen und provozierte die Beamten. Er hatte ein Telefonat mit einer Frau, die für ihn ein Geschäft organisieren sollte, als Anwaltsgespräch angemeldet. Der Aufsicht führende Beamte merkte leider, dass da was nicht stimmte. „Das ist ja wohl kaum Ihr Anwalt, Herr Lehmann, sondern eher eine Ihrer Strichmiezen. Legen Sie sofort auf!"

Ekke fluchte wie ein Bierkutscher und drohte dem Bullen Schläge an, sollte der noch einmal in dem Ton mit ihm reden. Im Kontrollbuch notierte der verängstigte Beamte: „Ohne besondere Vorkommnisse."

Ekke musste der Sache noch die Krone aufsetzen. Er beschwerte sich am selben Tag über das Verhalten des Beamten und verwahrte sich gegen solche Anzüglichkeiten von Seiten des Personals, andernfalls werde er, Eckehard Lehmann, eine Dienstaufsichtsbeschwerde führen.

Das war zu viel. Plötzlich erinnerte sich der Beamte genau an die Szene „ohne besondere Vorkommnisse". Er gab an, dass Lehmann ihm beim Verlassen des Telefonraums einen Schlag in den Bauch verpasst habe. Er klagte über starke Schmerzen. Beim zuständigen Sanitäter konnte man nichts feststellen und verabreichte ihm eine Salbe. Der Beamte meldete jetzt den Vorfall. Die Schmerzen wurden von Minute zu Minute stärker. 30 Minuten später trat er vom Dienst ab. Es dauerte aber drei Tage, bis er einen Arzt aufsuchte – seinen Hausarzt. Der diagnostizierte dann auch, dass der Oberbauch und der untere Thorax geschwollen und druckempfindlich seien. Er schrieb ihn eine Woche krank.

Es hatte keine Zeugen gegeben, aber natürlich zweifelten die Beamten nicht an der Glaubwürdigkeit ihres Kollegen. Das bedeutete für Ekke ein Strafverfahren wegen Körperverletzung und zehn Tage Einzelhaft. Man verurteilte ihn zusätzlich zu weiteren fünf Monaten.

Geschenke muss man erwidern, sagte sich Ekke. Und das würde er auch tun – bei seinen Ausgängen. Der Beamte, der Ekke die fünf Monate eingebrockt hatte, wurde später tot im Treppenhaus seines Wohnhauses gefunden. Lehmann wurde prompt verdächtigt. Er war zur Tatzeit in Freiheit und hätte natürlich ein Motiv gehabt. Das Verfahren gegen ihn wurde aber eingestellt. Der gefundene kleine blaue Fleck in der Herzgegend stellte keinen Beweis für ein Fremdverschulden dar.

Eine weitere Verlängerung seines Aufenthalts sollte ihm ein feuchtfröhlicher Abend mit Knastbrüdern einbringen. Je nach Konjunktur gab es Whisky, Wodka oder den so genannten „Aufgesetzten". Dafür brauchte man zunächst ein 10-Liter-Gefäß. Das konnte aus der Gärtnerei kommen oder ein Behälter für Reinigungsmittel sein. Bestenfalls stammte es aus dem Küchenarsenal. Dann wurden Fruchtsaft, Zucker und Hefe zum Gären gebracht. Nach ein paar Tagen war der Sud aus diesem Gemisch ein echter Treppenschmeißer. Das Motto war: Hauptsache, es kratzt im Hals und macht doof im Kopp. Zur Fete wurde geladen, wenn der „richtige" Bulle Dienst hatte.

So auch an diesem Tag, als Ekke sich mit fünf weiteren Insassen einschließen ließ. Sie ließen sich voll laufen. Sie verpassten aber den Dienstwechsel: Ein Partygast wollte gehen und warf die Fahne: das Zeichen für den Beamten, die Tür zu öffnen. Das tat der dann auch und prallte zurück. Da hatte er nun den Stall voll besoffener Gefangener. Mittendrin ein Ekke Lehmann mit ungefähr 3,0 Promille Alkohol im Blut, der ihn anstierte. Also Zelle zu und die Zentrale alarmiert.

Der Dienstleiter und fünf weitere Beamte eilten herbei, um die Party zu beenden. Alle sollten die Zelle verlassen, die dort nicht wohnten. Mit Ekke gingen sie besonders behutsam um, der Leiter bemühte sich persönlich um ihn. Er redete mit Engelszungen auf ihn ein, es schien zu funktionieren.

Dann schlug Ekkes Stimmung plötzlich um: „Lass mich in Ruhe oder ich breche dir alle Knochen. Ich habe einen Ruf zu verlieren hier im Haus!"

Alkohol und Hass lenkten ihn. Er trat und schlug wie ein Berserker um sich. Aber es waren zu viele, er musste aufgeben und sie warfen ihn in seine Zelle. Er versuchte es noch einmal. Sie schlugen mit Schlagstöcken auf ihn ein. Dann war Ruhe. Es folgten zwölf Tage Arrest und ein weiteres halbes Jahr Freiheitsstrafe. Er nahm es mit einem Schulterzucken hin.

Fast schon liebte er sein Knastleben. Hier war er wer. Was sollte er auch in der Gesellschaft jenseits der Gefängnismauern anfangen? Deren Moralvorstellungen lehnte er ab. Arbeiten? Steuern zahlen? Das sollten ruhig die Bekloppten da draußen machen. Nicht Ekke.

1976 wurde das Strafrecht liberalisiert. Wer seinen Feind bekämpfen will, der muss ihn genau kennen. Also beschaffte Ekke sich das neue Strafgesetzbuch und studierte es ausgiebig. Man verlieh den Gefangenen nicht nur neue Rechte, sondern mit der Strafvollstreckungskammer auch ein Instrument, diese durchzusetzen und Verstöße zu ahnden. Es war großartig, die Beamten auf ihre Fehler hinzuweisen, indem er ihnen die Paragraphen um die Ohren hieb.

Alles musste jetzt beantragt werden. Und was beantragt war, musste auch bearbeitet werden. Und Ekke macht den Beamten mit unzähligen Anträgen und Beschwerden sehr, sehr viel Arbeit. Seine Lieblingsthemen waren das Essen, die ärztliche Versorgung und die Sauberkeit in der Haftanstalt. Er erntete zwar überwiegend Ablehnungen, aber man musste sich mit ihm auseinander setzen. So war er nun auch auf dem Papier ein Störfaktor geworden.

In dieser Zeit erreichte ihn die Nachricht, dass sein Vater im Sterben lag. Zu gern hätte er ihm noch einmal ins Gesicht gespuckt. Er bat um eine Ausführung ins Krankenhaus. Ein sterbender Vater zog meistens. Man lehnte kategorisch ab, der Aufwand für eine sichere Ausführung wäre zu groß. Zwei Tage später war sein Vater tot. Der Hass auf seinen Vater sollte ein quälender Motor all seiner Handlungen bleiben.

Lehmann vertiefte sich weiter in die neue Strafprozessordnung und zeigte mehrere Beamten wegen fahrlässiger Tötung an. Ein asthmakranker Mithäftling war morgens in seiner Zelle tot aufgefunden worden. Angeblich hatten die Beamten das geworfene Notsignal nicht gesehen. Lehmanns Anzeige kam zwar nicht durch, aber die Behörde wollte sich von nun an seine Provokationen nicht mehr bieten lassen und schickte zwei Herren von der Justizverwaltung vorbei. Sie erklärten ihm, dass er sein restliches Leben im Knast verbringen würde und eine Entlassung für ihn nicht mehr in Frage käme. Falls er doch noch mal rauskommen sollte, würde es sofort Anzeigen und Verhaftungen regnen. Er habe sein Recht auf Freiheit verwirkt, weil er ständig versuche, die Justiz lächerlich zu machen. Ekke konnte es nicht fassen, sie behandelten ihn wie einen Schwerverbrecher.

Bald schon durfte er erneut erleben, wie es um die Gerechtigkeit der Rechtsprechung bestellt war. Ein 70-jähriger Häftling wurde von seinem Zellengenossen immer wieder aufs Übelste drangsaliert. Der Alte machte seinem Kummer Luft und erzählte Ekke davon. Sogar an Selbstmord hatte er schon gedacht. Ekke fand den Übeltäter auf dem Klo, drohte ihm und unterstrich den Ernst seiner Worte mit einigen Ohrfeigen. Kein außergewöhnliches Vorkommnis im Gefängnis. Es kam trotzdem zur Anzeige – gegen Ekke. Wegen sexueller Belästigung. Noch einmal zweieinhalb Jahre obendrauf.

Die übliche Betreuung in der JVA wurde durch Sozialarbeiter unterstützt. Nachdem ABC-Prinzip waren sie den Gefangenen zugeteilt. Natürlich hatten sie sich jeweils ausreichend über ihre Schützlinge informiert. Ihr Handlungsspielraum war ziemlich groß, damit sie bei den Gefangenen eine Vertrauensbasis aufbauen konnten. Ekke wurde der 36-jährigen Babette Scholz überantwortet.

Frau Scholz hatte versucht, einen roten Faden in Ekkes Zickzack-Leben zu finden. Sie war sehr ehrgeizig und wollte ihn knacken. Aber zunächst zeigte Ekke ihr, wer das Sagen hatte.

„Guten Morgen, ich möchte nur ganz kurz stören …" Da stand er auch schon in ihrem Zimmer und setzte sich ihr gegenüber. Eine Unverschämtheit. „Bei Ihrem Vorgänger hatte ich einen Sondersprecher für nächste Woche genehmigt bekommen, ich hoffe, er hat etwas darüber dagelassen …"

Sie fing sich: „Um was ging es denn?"

„Familiäre Probleme. Ich möchte nicht darüber reden."

„So läuft das nicht, Herr Lehmann, demnächst werden wir aber darüber reden müssen, jetzt wo ich für sie zuständig bin. Ausnahmsweise genehmige ich den Sprecher, damit Sie sehen, dass ich nicht gegen Sie bin."

„So verstehen wir uns bestimmt. Schönen Tag noch", brummte Ekke und verschwand genauso flink, wie er gekommen war. Ekke hatte seine erste Marke gesetzt.

Seine Besuche wurden nun regelmäßiger. Wenn er bekam, was er wollte, hatte sie keine Probleme mit ihm. Aber das war ja nun nicht immer möglich. Seine Forderungen wurden immer dreister. Babette bemängelte einmal, dass er sein Kontingent an Sondersprechzeiten schon erheblich überzogen habe. Ekke erzählte ihr etwas von seinem Gewohnheitsrecht, davon, dass es gefährlich sei, daran etwas zu ändern. Das würde ihn kaputtmachen, das Vollzugsziel würde in weite Ferne rücken, und das könne sie ja nicht wollen.

Sie war in der Zwickmühle. Eigentlich durfte er nicht damit durchkommen. Aber ein wütender, prügelnder Lehmann, der womöglich ausbrach? Sie würde sich daran mitschuldig fühlen.

„Herr Lehmann, Sie machen mir das Leben schwer."

„Sie wollen doch gut sein. Dann beweisen Sie doch mal, wie gut Sie sind. Wer wirklich gut ist, der kann mich auch richtig behandeln. Sie haben hier 'ne dicke Sache übernommen. Jeder weiß, was das Beste für mich ist. Aber ich sag Ihnen, das weiß ich schon alleine. Ich kann ein Mustergefangener sein, wenn man mich in Ruhe lässt."

Dieser Brocken faszinierte sie. Er war abstoßend und anziehend zugleich. Immer öfter dachte sie in einer Art über ihn nach, die nichts mit ihren pädagogischen Aufgaben zu tun hatte. Sie bewilligte ihm fast alles. Peu à peu zog Ekke die Schraube an. Täglich saß er nun bei ihr. Kaffee, Flachmänner und Zigaretten gingen aufs Haus, wie er es nannte. Es war Zeit, die Sache zum Abschluss zu bringen.

Dann gestand sie ihm ihre Gefühle. Er strich zart über ihre Beine, die der Minirock kaum bedeckte. Babette konnte sich kaum beherrschen, nicht die Schenkel zu spreizen. Es war doch Wahnsinn, was hier passierte! Der Ausbrecherkönig und die Sozialarbeiterin. Aber es war schon zu spät. Sie spürte, wie sie feucht wurde. Sie führte seine Pranke an ihre großen Brüste, die er behutsam, aber fordernd knetete. Dann drang seine Zunge in ihren Mund. Das war zu viel. Sie entglitt ihm, aber nur um die Tür von innen zu verriegeln. Als sie sich herumdrehte, hatte Ekke sich bereits befreit. Während sie auf sein Geschlecht starrte, ging sie zum Schreibtisch und setzte sich darauf. Ihr Rock glitt hoch, und sie zog ihren Slip zu Seite. Ohne Worte drang er in sie ein und überfiel sie mit seiner Lust. Über eine Stunde ließ er nicht von ihr ab. Solch einen Orkan hatte sie noch nie erlebt. Alles würde sie für diesen Mann tun. Und Ekke nutzte das schamlos aus. Ihm fiel bald immer mehr ein, was er noch fordern könnte, um sie zu demütigen. Dann hatte er einen perfiden Plan. Sie sollte es ihm zuliebe mit einem anderen Mann treiben, mit einem Schwarzen.

„Das kannst du doch nicht wirklich wollen, ich liebe dich doch."

„Ach, so ist das. Na, da habe ich mich wohl gründlich in dir getäuscht."

Tagelang beachtete er sie nicht. Babette war verzweifelt, sie wollte ihren Ekke zurückhaben. Schließlich gab sie auf. Vielleicht würde er sich ändern, wenn er sah, dass sie sich für ihn aufopferte. Zu allem Überfluss verlangte Ekke jetzt auch noch, das sie Fotos von dem erpressten Seitensprung machte. Sie könne ihm ja sonst viel erzählen.

Per Kontaktanzeige fand sie jemanden. Ein Kumpel von dem Mann machte die Bilder. Sie war froh, als es vorbei war, und zeigte Ekke die Beweisstücke.

Sein Frauenbild war wieder intakt. Für ihre Geilheit war den Schlampen kein Preis zu hoch und nichts zu niedrig. Sie hatten keinen Stolz und keine Würde. An der richtigen Stelle gepackt, sanken sie hin und waren willenlos.

„Du hast es ihm also richtig gemacht, du Drecksschlampe. Bist richtig abgegangen, stimmt's? Du bist nicht mehr wert als alle anderen." Er schmiss die Bilder auf den Tisch, spuckte vor ihr aus und ging.

Drei Tage blieb sie dem Dienst fern. Trotz allem wollte sie wieder zu ihm zurück. Sie war ihm vollkommen verfallen. Ekke aber lag in seiner Zelle und griente sich was zusammen. Er hatte den Beweis erbracht, dass er mehr über Frauen wusste als sie selbst.

Eine Woche nach dem Vorfall stolzierte er in ihren Dienstraum. Sie konnte ihm noch nützlich sein. Er sprach von ihrer Verfehlung, aber dass sie es ja aus Liebe getan hätte. Seine Mitschuld sah er nicht. Er bot ihr an, es noch einmal mit ihr zu versuchen. Erleichtert fiel ihm Babette um den Hals.

Ekke wollte fliehen. Er sprach von einer Zukunft zu zweit. Und so schlug er einen gemeinsamen Ausgang vor, den sie durchsetzen musste – mit Aussicht auf Flitterwochen. Das war aber auch sechs Jahre nach Lehmanns letzter Flucht noch nicht einfach. Sie argumentierte damit, dass man den Gefangenen allmählich an ein Leben in Freiheit gewöhnen müsse, und bekam schließlich einen positiven Bescheid. Ein Beamter sollte sie begleiten. Der war schon seit einer Weile hinter Babette her. Sie ließ sich kleinere Zärtlichkeiten von ihm gefallen und bat ihn dann, er möge Lehmann doch einen Besuch bei seiner Verlobten ermöglichen.

Nach einem Gerichtstermin, der Ekke für eine Schlägerei in der JVA weitere sechs Monate auf Bewährung einbrachte, fuhren sie los – zur Wohnung der Verlobten, die lediglich eine gute Bekannte war. Nach Kaffee, Kuchen und Smalltalk zog sich Babette mit Ekke und seiner „Verlobten" in ein anderes Zimmer zurück, was der Beamte verstand. Außerdem war die Aufsichtspflicht ja durch die Sozialarbeiterin gewährleistet.

Kurze Zeit später tauchte die „Verlobte" auf, schenkte Kaffee nach und schloss die Zimmertür hinter sich, mit dem Hinweis, dass sie zwischendurch mal lüften wolle und es sonst ziehen würde. Babette und Ekke waren schon im Flur, verließen über die Treppe das Haus und liefen zu Babettes grünem Lada. Beladen mit ausreichend Kleidung und Proviant ging es ab in Richtung Grenze. Babette hatte 2000 Mark in bar dabei und etliche Euroschecks, Ekke seinen Ausweis, den hatte er für den Gerichtstermin gebraucht.

Schnell, aber vorsichtig näherten sie sich dem Übergang. Jetzt nur nicht mehr auffallen. Die Grenze war von Berlin aus wenig frequentiert. Daher war die Ausweiskontrolle durch die DDR-Beamten verhältnismäßig zügig. Die Fragen nach dem Ausweis, nach dem Fahrtziel, nach Kindern, Waffen, Munition, Sprengstoff und Funkgeräten kamen routinemäßig. Dann war das Paar auf dem Transitweg. Eine halbe Stunde war vergangen, seitdem sie die Wohnung der Freundin verlassen hatten. Sie hatten Trelleborg angegeben, also auf nach Schweden. Über Spur 4 der Abfertigung war es weitergegangen bis hin zur peinlich genauen Gesichtsvisitation. Dann die Übergabe des DDR-Durchreise-visums.

„Gib bloß Gas", ranzte Ekke seine Freundin an. Ohne Pause fuhren sie nach Saßnitz. Überall konnten die Vopos zuschlagen. Die Volkspolizei baute einige Fallen nur auf, um an Westdevisen zu gelangen. Endlich waren sie am Fährhafen. Auch die Auslasskontrolle überstanden sie. Erst jetzt löste sich die Anspannung. Babette steuerte den Lada auf die Fähre, sie stiegen aus. Ekke reckte sich und sog die Meeresluft ein. Endlich frei.

Skandinavisches Intermezzo

A m Abend des 16. Juli 1980 betrat der Ausbrecherkönig Eckehard Lehmann schwedischen Boden. Er war weg. Na, das würde wieder Schlagzeilen geben!

30 Minuten hatte der Beamte gebraucht, bis ihm dämmerte, dass er vorgeführt worden war. Wie sollte er erklären, dass er gegen etliche Vorschriften verstoßen hatte? Es blieb ihm nichts anderes übrig, er musste zu seinem Vorgesetzten gehen. Die Senatsverwaltung stürzte in ein Chaos. Ein amüsantes Detail an der Geschichte war die Wortmeldung des Parlamentspräsidenten im Abgeordnetenhaus:

> *„Die Abgeordneten sollten sich überlegen, ob man Lehmann nicht anlässlich seines zehnten Ausbruchs ein Jubiläumsgeld bewilligen sollte."*

Weniger amüsant war, dass gegen den Beamten ein Verfahren eingeleitet wurde. Man warf ihm Gefangenenbefreiung vor.

Berlin lebte in diesen Tagen von den Schlagzeilen, die Bevölkerung amüsierte sich auf Kosten der Justiz, und Ekke lag in Schweden in der Sonne und freute sich des Lebens. Solange die Kohle reichte, ging es ihm großartig. Aber die Hotels und Pensionen fraßen das Geld schnell auf. Ekke musste sich etwas einfallen lassen.

Babette sollte zurück nach Berlin fahren und den Lada gegen einen Campingbus eintauschen, das würde Übernachtungskosten sparen. In Schweden konnten sie das Geschäft nicht abwickeln. Außerdem musste Babette ihr Attest verlängern, sie hatte sich vor der Flucht natürlich krank schreiben lassen. Zurück in Berlin, ging sie zu ihrem Dienstherrn und zur Kripo, um jeglichen Verdacht von sich zu weisen. Man hatte sie jedoch weiter im Verdacht und beobachtete sie. Bei der Überprüfung ihres Kontos sahen die Beamten, dass einige Schecks in Schweden eingelöst wurden. Aber in Schweden konnten sie nichts ausrichten. Man schaltete Interpol ein.

Ekke war in Göteborg. Die paar Mücken, die er noch hatte, machten nicht viel her. Er besuchte Tanzcafés und fand schnell Anschluss. Zwar stellte er sich beim Tanzen ziemlich ungeschickt an, aber dafür hatte er einen „umwerfenden" Charme. Eine Frau machte ihm unverhohlen Avancen und lud ihn zu sich nach Hause ein. Schnell landeten sie im Bett. Wie immer machte er ganze Sachen. Als sie nach drei Tagen begann, eine gemeinsame Zukunft zu planen, wurde es ihm zu heiß. Den Diamantring hatte sie ihm im ersten Liebesrausch geschenkt. Wahrscheinlich dachte sie, ihn so an sich binden zu können. Aber Ekke machte sich aus dem Staub.

Babette kam mit etwas Geld und einem VW-Bus ohne Ausstattung zurück. Für den Anfang reichte es. Sie lebten auf dem Land. Fischfang und Kartoffelklau waren erst mal eine spannende Sache. Babette aber brauchte die Stadt, den Puls der Zivilisation, Tanz und Geselligkeit. So fuhren sie häufiger nach

Göteborg, und das Geld wurde immer weniger und weniger. Babette wollte versuchen, in Berlin einen Kredit zu bekommen, und machte sich wieder auf den Weg nach Deutschland.

Ekke langweilte sich unendlich. Er rief eine alte Flamme in Berlin an. Bei der Aussicht auf ein gesundes Stoßwochenende ließ sie sich nicht zweimal bitten und fuhr zu ihm nach Schweden. Drei Tage lang ging die Post ab, dann verabschiedete er sie wieder. Gerade noch rechtzeitig, bevor seine goldene Gans zurück war.

Seit seiner Flucht waren schon eineinhalb Monate vergangen. Allmählich wurde er ungeduldig. Wie auch an dem Tag, an dem er mit Babette die Europastraße 6 entlangraste. Nichts deutete auf Ärger hin, bis ein Volvo sie überholte, ein Polizeiwagen. Ekke konnte seinen Pass nicht finden. Er musste ihn irgendwo liegen gelassen haben. Er gab die Personalien seines Bruders an. Dennoch bat man das Pärchen mit auf die Wache. Es dauerte nicht lange, bis sich die Tür öffnete. „Das ist der Lump, der mir den Diamantring gestohlen hat." Seine Affäre aus dem Göteborger Tanzcafé stand im Zimmer.

Er war nicht vorsichtig genug gewesen. Die kleine Schwedin hatte ihn verfolgt und gesehen, dass Ekke zu einer anderen in einen VW-Bus stieg. Sie hatte sich das Kennzeichen gemerkt und ihn zur Anzeige gebracht.

In Zusammenarbeit mit Interpol war er schnell identifiziert. Babette wurde entlassen. Es lag nichts gegen sie vor. Dass er rumgevögelt hatte, während sie nach Berlin gefahren war, um sich um alles zu kümmern – sie konnte es nicht fassen. Sie hatte genug von diesem Typen!

Ekke wartete auf seine Abschiebung nach Deutschland. Zu seiner Überraschung wurde er aber in Göteborg verurteilt. Man befand ihn vor dem Stadtgericht des Diebstahls für schuldig.

Drei Monate und anschließendes Landesverbot, lautete das Urteil. Wegen der schwachen Beweislage gab man sich milde. Ekke hatte Glück gehabt, dass er kurz vor der Festnahme den Ring gegen eine Rolex eingetauscht hatte.

Man verlegte ihn nach Tidaholm. Der Knast galt als ausbruchssicher. Für Ekke war er ein Schlaraffenland. Offene Zellen, Männer und Frauen im selben Gebäude, keine ständige Aufsicht. Das Essen war spitzenmäßig. Sonntags fand ein gemischter Gottesdienst statt. Lehmann glaubte nicht an Gott, aber an die Frauen, die diesen Gottesdienst besuchten. Er flirtete heftig mit einer schwedischen Mitgefangenen. Von der Predigt verstand er eh nichts. Er gab ihr ein Zeichen und verließ die Kapelle, sie folgte bald. In der Vorratskammer fielen sie übereinander her. Die Kleine war ein Erlebnis. Ausgepumpt und durchgeschwitzt schafften sie es gerade noch, sich einzureihen, als der Gottesdienst zu Ende ging.

Ekke dachte mit Grauen an seine Abschiebung in drei Monaten. Hier war niemand aggressiv zu ihm. Er hatte sogar einen guten Draht zu den Aufsehern und unterhielt sie mit Anekdoten aus seinem bewegten Leben. Viele von ihnen konnten ein bisschen Deutsch, und einer von ihnen zeigte Interesse an Ekkes Rolex.

„Du kannst sie haben, aber sie muss mich hier rausbringen. Überlege es dir."

Der Bursche war für den Hofdienst zuständig. Dazu gehörte auch, mit einem Elektrokarren Holzreste vom Gelände zu entfernen. Hundert Meter vor dem Anstaltsgelände wurde der Müll abgeladen. Die Ladefläche des Gefährts war ziemlich groß. Nun musste nur noch der Beamte einwilligen. Und tatsächlich: Zwei Tage später nickte er Ekke unmerklich zu. Aber wie sollte er vom Abladeplatz weiterkommen? Die Lösung war die Tochter des Gefängnisdirektors, die mit dem Beamten befreundet war. Sie war immer für ein Abenteuer zu haben. Ekke würde mit dem Holztransporter bis vor die Anstalt gefahren werden und anschließend in ihren Wagen steigen. Dafür war dann die Rolex fällig.

Am 16. Oktober 1980 gab der Beamte das verabredete Zeichen. Der Schlüssel drehte sich im Schloss, die Zellentür schwang auf. Rasch erreichten sie die Holzwerkstatt. Sie präparierten den Karren. Zwischen Holzresten und einem Sack Sägespäne presste sich Ekke auf den Boden. Über ihn legte sein Fluchthelfer noch eine Ladung Späne, einen Leinensack und einige Bretter. Ekke war nicht mehr zu sehen.

Ekke spürte, wie der Elektrokarren über das Gelände schnurrte. Nichts passierte. Sie waren durch das Anstaltstor hindurch. Er hörte das vereinbarte Zeichen, wuchtete die Ladung zur Seite und drückte dem Beamten seinen Lohn in die Hand. Dann rannte er zu dem roten Saab, der mit laufendem Motor wartete. Ekke saß kaum im Wagen, da schoss er auch schon davon.

Es ging in Richtung Skoevde. Dort wohnte Svenja, seine Chauffeurin. Sie schaute ihn immer wieder aufmerksam von der Seite an. Ein echter Ausbrecher saß neben ihr im Auto. Sie sprach ein wenig Deutsch und fragte ihn nach einer Weile: „Willst du rauchen?" Klar wollte Ekke, er griff nach ihren Zigaretten. Beim Anblick seiner tätowierten Pranken überlief die Schwedin ein Schauer. Sie hatte immer geglaubt, solche Typen gäbe es nur im Film. Auch Ekke gefiel, was er sah: braunhaarig, sportlich, sexy.

Dann kamen sie in Skoevde an. Ekke musste seine Kleidung wechseln. Svenja gab ihm Klamotten. Er erfuhr, dass sie zwei Kinder im Alter von sieben und neun Jahren hatte, die gerade in der Schule waren. Einen Lebenspartner hatte sie nicht. Als Ekke sich umzog, blieb Svenja im Zimmer. Die Tätowierungen, die Narben und seine Bewegungen erregten sie so, dass sie nur noch mit einem Stöhnen ihre Bereitschaft signalisieren konnte. Er nahm sie auf dem Boden.

Ekke sollte in der ersten Nacht bei einem Bekannten seines Fluchthelfers unterkommen und ließ Svenja daher ein paar Stunden später allein. Am nächsten Tag wollte er weiter. Svenja verbrachte eine schlaflose Nacht. In der Dämmerung hatte sie einen Entschluss gefasst: Die Kinder konnten bei der Oma bleiben. Ihrer Mutter erzählte sie eine kleine Geschichte. Sie war sicherlich die Allerletzte, die man verdächtigen würde. Sie konnte ihm am besten helfen. Svenja rief Ekke an, und er versprach, auf sie zu warten. Strahlend lief sie ihm entgegen. Was konnte ihm Besseres passieren? Sie fickte gut, konnte außerdem Schwedisch und brachte Geld mit.

Sie lernte schnell. Bald musste Ekke nicht mehr selbst in Ladenkassen greifen oder Tankstellenbesitzer um ihren Lohn prellen. Er hielt sich im Hintergrund. Sie lebten in Saus und Braus, aber lange konnte das nicht gut gehen, das Geld reichte bald vorne und hinten nicht mehr.

In einem Dorf kamen sie an einem schäbigen Juwelier vorbei, aber die Auslage war gar nicht übel. Die Scheibe war mit Alarmfäden gesichert, kein Problem für Ekke. Ekke entschied sich für die „Angelmethode": Hierbei wird mit einem Katschi, einer Zwille (Sportschleuder) oder einer kleinen Faustfeuerwaffe mit extremer Munition ein Loch durch die Scheibe geschossen. In der Regel aus einem Fahrzeug heraus, damit man bei Alarm den Tatort schnell verlassen kann. Normalerweise reagieren die Alarmfäden aber nicht, wenn die Scheibe schnell und mit kleinem Durchmesser durchschlagen wird. Durch das kreisrunde Loch kann der harmlose Spaziergänger dann mit einem langen stabilen, aber biegsamen Draht die besten Stücke angeln. In vielen Geschäften hängt zum Schutz vor Anglern hinter der äußeren Ladenscheibe an dünnen Ketten eine zweite aus Plastik. Trifft das Geschoss auf die zweite Scheibe, so fällt sie entweder über die Auslage oder das Geschoss bleibt hängen.

Hier aber gab es keine solche Sicherung. Die Jahreszeit war günstig, denn es wurde sehr früh dunkel und in diesen Fischernestern war nach 22 Uhr nichts mehr los. Erst mussten die Nummernschilder gewechselt werden.

Svenja fuhr zum Schmuckgeschäft, schaltete das Licht aus, ließ aber den Motor laufen. Für den Fall, dass die Drähte doch Alarm auslösten, wollte er zwischen die Drähte schießen. Dafür musste er dicht an die Scheibe ran. Als Schalldämpfer diente ihn ein halber Laib Brot. Erst als er vor dem Fenster stand, sah er, dass die Beleuchtung aus war. Er konnte die Drähte nicht erkennen. Aber aufgeben wollte er nicht. Er ertastete die Zwischenräume mit den Finger.

Schließlich drückte er den Pistolenlauf in das Brot und drückte ab. Es gab einen dumpfen Knall – sonst passierte nichts. Er gab Svenja ein Zeichen. Sie kam und drückte die Taschenlampe direkt auf die Scheibe. Die besten Stücke passten nicht durch den Einschuss, aber Ekke angelte fleißig. 15 Minuten lang. Die Ruhe war schon fast gespenstisch.

Sie fuhren die nächsten Stunden durch, stoppten nur einmal, um die Nummernschilder wieder zu wechseln. Erst am nächsten Morgen suchten sie sich ein Zimmer. Er war auf den ersten Blick recht zufrieden mit der Beute. Die Fassungen schmolzen sie ein. Zurück blieben 20 Steine. Drei Stück ließ er prüfen. Der kleinste sollte immerhin einen Wert von 50.000, der größte einen von 80.000 Kronen haben. Das ließ sich doch gut an. Ekke entschied sich für eine Leitung nach Berlin. Alte Beziehungen.

„Geil, Alter, habe ich echt Kunden drauf. Machen wir auf Kommission. Bin grad klamm. Schade, gestern erst einen Haufen Asche investiert." Ekke setze sich durch und bekam für zwei Steine mittlerer Größe einen Porsche Targa 911. Übergabe: Göteborg. Ekke prüfte das Auto, der Kumpel die Steine, und dann war der Deal perfekt. In der nächsten Zeit setzte er Stein für Stein um. Seine Welt war in Ordnung.

Im Knast in Tidaholm war allerdings gar nichts in Ordnung. Seinen Fluchthelfer hatte man ins Gebet genommen. Er hatte alles zugegeben. Das kostete ihn den Job und brachte ihm eine zweimonatige Haftstrafe ein. Auf diesem Wege hatte der Gefängnisdirektor von der Tatbeteiligung seiner Tochter erfahren. Er glaubte, dass Lehmann sie als Geisel genommen hatte, und starb an einem Herzinfarkt.

Ekke hatte verbrannte Erde zurückgelassen. Svenja hatte für ihn ihre Kinder verlassen, ihr Vater war tot und sie selbst war kriminell geworden. Er schlug ihr vor, nach Hause zu fahren, solange man noch glaubte, sie sei seine Geisel.

„Niemals werde ich dich verlassen. Und wenn du weggehst, dann bringe ich mich um."

Auf seine Art versuchte er sich erkenntlich zu zeigen – im Bett. Sie fing an, vom Heiraten zu sprechen. Ekke war nicht begeistert, aber um des lieben Friedens willen versprach er ihr die Hochzeit, wenn sich eine Gelegenheit bot. In der momentanen Situation war das undenkbar. Und aus seiner Sicht würde sich so bald nichts daran ändern.

Sie waren in Ljungby und bummelten durch ein Kaufhaus. Ein Beamter aus Tidaholm erkannte sie sofort. Nein, alleine ging er da nicht ran. Aber er notierte sich das Kennzeichen des Wagens und alarmierte die Polizei. Man sperrte sämtliche Ausfahrtmöglichkeiten. Ekke und Svenja fuhren in Richtung Ortsausgang.

Er sah die Straßensperre, die hinter dem Ortsausgang aufgebaut war. Auch hinter ihm war Polizei. Links und rechts keine Möglichkeit zu entkommen. Was blieb?

Zurück in den Bau? Nach Tegel? Arrest? Einzelhaft? Ekke trat das Pedal des Porsche bis zum Anschlag durch. Die Kraft des Wagens presste sie in die Sitze. Dann schoss das Auto voran und raste auf die Sperre zu. Die Beamten hechteten zur Seite. Dann trafen sie auf den Schlagbaum. Der Anprall war dermaßen heftig, dass das Holz zerbarst. Die Verfolgungsjagd dauerte nur kurz. Rasch hatte er die Verfolger distanziert. Mit schlappen 200 km/h bretterte er davon. Ein tolles Gefühl!

Svenja durchbrach seinen Höhenflug und machte ihn zaghaft auf das Geräusch aufmerksam, das sie seit Minuten verfolgte. Ein Hubschrauber kreiste über ihnen. Er trat noch mal aufs Gas und beschleunigte auf satte 240 km/h. Aber der Hubschrauber ließ sich nicht abhängen. Ekke riss das Steuer herum und steuerte direkt auf den Wald zu.

Durch die Bäume sah der Pilot nichts mehr, Ekke aber konnte hören, wohin der Hubschrauber flog. Sie mussten nach Norwegen, der Luftraum war geschützt. 200 Kilometer hatten sie schon zurückgelegt. Der Hubschrauber kreiste über ihnen, verlor den schwarzen Porsche aus den Augen und fand ihn wieder. Dann sahen sie endlich das Schild: „Halt! Landesgrenze Norwegen." Mit Erleichterung hörten sie die Fluggeräusche allmählich leiser werden.

Norwegen war wenig gastlich. Es war ärmer als Schweden, und Deutsche wurden nicht sonderlich freundlich aufgenommen. Schweden und Deutschland konnten sie vergessen, da wurden sie gesucht. Blieb eigentlich nur noch Dänemark. Aber der Weg war versperrt. Ohne Papiere kamen sie nicht übers Wasser. Hier im Wald konnten sie aber auch nicht bleiben. Also fuhr Ekke wieder nach Schweden zurück. Niemand begegnete ihnen und sie kamen ohne jede Behinderung über die E 18 nach Karlstad. Es dämmerte bereits, als sie sich ein Zimmer nahmen. Vorsichtshalber hatte Ekke vorher noch in einem Einkaufszentrum die Nummernschilder ausgewechselt.

Sie beschlossen, nach Hälsingborg zu fahren. Dort im Fährhafen würden sie neu überlegen. Am nächsten Tag waren sie vor Ort. Schnell erkannten sie, dass sie keine Chance hatten, die Grenz- und Zollkontrollen zu überlisten. Sie wollten nach Sjxlland, eine Insel, die schon zu Dänemark gehört. Den Wagen per Fähre hinüberzubekommen war ein Leichtes. Aber wie sollte Ekke selbst die Grenze überwinden?

Sie verbrachten Stunden damit auszuspähen, ob es nicht doch eine Möglichkeit gäbe. Während sie so am Ufer dahinschlenderten, fiel Ekke ein altes Ruderboot auf. Rudern war nicht sein Ding, davon hatte er keine Ahnung. Aber es ging nicht anders. Sie zogen den Kahn vom Strand und testeten ihn durch. Allmählich gefiel ihm die Idee. Herausforderungen hatte er schon immer gemocht. Vor der großen Fahrt mussten sie sich noch um den Porsche kümmern. Sie gaben ihn auf – mit all ihrer Habe, um sich nicht unnötig zu beschweren.

Sie stiegen in das Ruderboot. Ekke war frisch und guter Dinge. Svenja schaute auf ein dänisches Leuchtfeuer, die Mole von Helsingör, und wies ihm den Weg. Ekkes kräftigen Zügen widersetzten sich nach einiger Zeit immer höhere Wellen, der Wind frischte auf. Sein Rücken schmerzte und die Arme schienen zeitweilig taub zu werden. Sie hatten nichts dabei, was ihnen hätte helfen können: keine Schwimmwesten, keine Taschenlampe, nichts.

Ekke kämpfte, Svenja war müde. Und so entging ihnen der mächtige Schatten, der rechts neben ihnen in der Finsternis auftauchte. Ein Ungetüm aus Stahl. Das gleißende Licht von Suchscheinwerfern erfasste sie plötzlich und ein gewaltiges Tuten ließ sie erzittern. Was tun? Einfach stillhalten, im Glauben auf einen Schutzengel? Das Ruderboot tanzte auf dem Wellenkamm. Der Riese schob sich langsam an ihnen vorbei. Es raubte ihnen den Atem. Unbekannterweise dankten sie dem Kapitän, dass er wachsam gewesen war.

Das Leuchtfeuer von Helsingör wurde langsam größer. Ekkes Hände waren übersät mit Blasen, die allmählich aufplatzen. Seine Kraft war verbraucht. Nicht aufgeben! Dann hatten sie es endlich überstanden. Am liebsten wäre er direkt in den Hafen eingefahren. Aber noch einmal musste er sich aufraffen und weiterrudern, damit sie an einer weniger auffälligen Stelle an Land gehen konnten.

Der Wagen stand auf einem Parkplatz, an dem sie sich nicht anmelden mussten. Jetzt nur weg von hier! In Grenznähe war jederzeit mit Ausweiskontrollen zu rechnen. Svenja setzte sich ans Steuer.

Am folgenden Tag setzten sie zum Festland über und landeten in Nyborg. Nach einigen Überlegungen entschieden sie, es mit einem Ferienhaus zu versuchen. Zum Campen war es bereits zu kalt. Aber am Geld haperte es mal wieder. Sie fuhren gemütlich durch Ringsted. Ekke fiel ein Juweliergeschäft auf. Er wies Svenja an, mit dem Wagen im Leerlauf in Position zu gehen und dabei Gas zu geben. Dann griff er sich den Wagenheber und steuerte das Schaufenster an. Er zerdrosch die Scheibe. Es tönte schrill in seinen Ohren. Ruhig, aber zügig sammelte er die Auslage ein, sprang zum Wagen zurück. Das Diebesgut hielt dem Vergleich mit ihrem ersten Beutezug nicht stand. Etwa 80 Goldringe waren ihnen in die Hände gefallen. Immerhin.

Der Porsche stand in der Garage ihres Hotels – mit frischen Nummernschildern natürlich. Ekke lag noch lange wach und überlegte, wie er das Zeug gewinnbringend verkaufen könnte. Kristianstadt sollte eine von Kriminellen verwaltete Stadt sein – ohne Polizei, zwar gesteuert durch ein Rehabilitationsprogramm, aber jeder konnte sich hier frei bewegen. Lehmann war begeistert. Er machte sich mit Babette auf den Weg, ein paar Ringe im Handgepäck. Hier gab es tatsächlich alles: Geschäfte, Bank, Kneipen, Restaurants, Verwaltung. Lehmann suchte sich ein Lokal aus. Dass er einer von ihnen war, brauchte er nicht extra zu sagen, das sahen sie auf den ersten Blick.

Svenja bezog einen Platz am Tresen, zeigte sich von ihrer besten Seite und trug ein paar Ringe zur Schau. In so einem Laden war es nur eine Frage der Zeit, bis sie mit einem Typen ins Gespräch kam. Ekke beobachtete die Szene. Einer der Jungs hatte es sich auf dem Hocker neben ihr bequem gemacht. Die Unterhaltung wurde intensiver. Sie verhandelten. Svenja gab ihm einen Ring. Er schien Gefallen daran zu finden. Nun kam Ekke ins Spiel. Der Blonde trat an seinen Tisch heran und frage, ob er Platz nehmen dürfe. Er sprach Deutsch.

Natürlich hatte Ekke eine Strategie. Es gebe deutsche Kunden, die bereits den ganzen Posten geordert hätten. Deshalb könne er nur über die drei Ringe, die Svenja trug, verhandeln. Der Markt gebe im Moment gut 40.000 Kronen her, aber weil es ja nur ein kleiner Restposten sei, würde er ihm diesen auch für 30.000 verkaufen. Der Blonde biss an, kaufte die Ringe, wollte aber noch mehr. Ekke machte deutlich, dass das eine Frage des Preises sei.

Man traf sich am folgenden Tag wieder in der Kneipe. Diesmal kam der Blonde mit zwei Begleitern. Ekke war vorbereitet. Svenja hatte weiter hinten Stellung bezogen, um im Ernstfall eingreifen zu können. In ihrer Handtasche war eine Pistole. Die drei Knackis versuchten, die Ware schlecht zu machen. Ekke blieb gelassen. Das machte ihn stark. Schließlich kauften sie den Schmuck – zu seinem Preis. Er war das Beweismaterial los und konnte ziemlich zufrieden sein.

Nach dem gelungenen Coup feierten Svenja und Ekke ausgiebig im Hotel. Ekke war sturzbetrunken und wurde mal wieder übermütig. Er wollte am nächsten Morgen einen „polnischen Abgang" machen, das heißt: das Hotel verlassen, ohne zu zahlen. Jetzt mussten noch schnell die Nummernschilder gewechselt werden. Er torkelte zum Parkplatz und schraubte. Der Portier beobachtete ihn dabei und machte Meldung beim Hoteldirektor. Der wiederum rief die Polizei.

Im Morgengrauen wollten sie das Hotel durch den Hinterausgang verlassen. Wie Messer schnitt plötzlich das Licht mehrerer Scheinwerfer in ihre Augen. Der Hof war umstellt. Polizeiwagen und Uniformierte waren überall. Er wusste Bescheid, noch bevor die Stimme ihnen durch das Megafon die Hoffnungslosigkeit ihrer Lage klar machte.

Ekke grinste. Das Diebesgut hatte er nicht mehr. Die Zechprellerei konnte man auch schlecht beweisen, da sie ja noch nicht weg waren und das Zimmer bis zum Morgen gebucht gewesen war. Als der Einsatzleiter die Festnahme befahl, war Ekke wieder die Ruhe selbst. Aber Svenja kämpfte mit Händen und Füßen gegen ihre Verhaftung. Sie wollte nicht von ihrem Ekke getrennt werden. Ekke schaute dem Treiben unbeteiligt zu. Alles hat seine Zeit. Nachdem sie das Gangsterpärchen in eine Bullenwanne, einen Gefangenentransporter, verfrachtet hatten, brachte man sie zu einem Revier in Ringsted.

Ermittelt wurde zunächst wegen Kfz-Diebstahl, weil man glaubte, dass der Porsche gestohlen sei. Natürlich irrten die Beamten. Aber Ekke war ohne Papiere unterwegs, deshalb ließ man die Angaben durch die Fahndung laufen und identifizierte ihn mit einer schwedischen Beschreibung. Svenja galt nun als seine Fluchthelferin und wurde ebenfalls festgenommen.

Ekke inspizierte das Polizeigefängnis. Der Weg durchs Fenster wurde von einer Panzerglasscheibe versperrt. Aber der

Rahmen war aus Holz. Da müsste man doch was machen können.

Seinen Werkzeugkasten bekam Lehmann in Form des Bestecks geliefert. Mit Routine schärfte es das Messer an der Wand und begann damit den Fensterrahmen auszuhöhlen. Den Abfall ließ er unter dem Bett verschwinden. Zum Essensempfang stand der Gefangene ordentlich und korrekt an der Tür. Das Gefängnispersonal war angenehm überrascht. Lagen die Knackis doch meist faul und provozierend auf dem Bett und ließen sich bedienen.

Innerhalb von 48 Stunden hatte er den Fluchtweg so gut wie freigelegt und überlegte nun die weiteren Schritte. Rauf aufs Dach, vielleicht wieder einen Sprung wie in Tegel, und dann würde es schon irgendwie weitergehen. Plötzlich wurde seine Zellentür aufgeschlossen. Er schaffte es gerade noch, die Holzspäne unter das Bett zu kehren.

Er wurde in den Besucherraum gebracht. In Berlin hatte es natürlich wieder Schlagzeilen gegeben. Eine Tageszeitung schrieb eine Serie über seinen Fall. Lehmanns Mutter war befragt worden und nun wollte ein Reporter eine Stellungnahme von ihm haben. Ekke verhandelte zunächst über das Honorar. Sie einigten sich und er erzählte ein paar Storys über die Flucht und über seine Weiber. Das Ganze dauerte ungefähr eine Stunde.

Die Beamten hatten die Zeit genutzt, um seine Zelle zu durchforsten. Unter seinem Bett entdeckten sie die Holzspäne, unter seinem Kopfkissen das Besteck und schließlich auch den Hohlraum im Fensterrahmen. Wenn der Reporter nicht gekommen wäre, hätten sie am nächsten Tag eine leere Zelle vorgefunden.

Sofort verlegte man den Ausbrecherkönig nach Kopenhagen in das Gefängnis Vesterfengsel. Hier gab es weder Besteck noch Glasscheiben, sondern nur dicke Stäbe vor dem Fenster. Die

Gefängnisleitung richtete einen Beobachtungsdienst ein, der mehrmals täglich kontrollierte, ob Ekke noch in seiner Zelle saß.

Damit das Paar nicht getrennt wurde, erzählten Svenja und Ekke, dass sie heiraten wollten. Am 31. Dezember 1980 wurden Ekke und Svenja von einer dänischen Pfarrerin in Vesterfengsel getraut. Sogar ein Hochzeitsschmaus wurde serviert. Der Krönung war aber, dass die frisch gebackenen Eheleute ein paar Stunden ungestört in einer Wohnzelle verbringen durften.

Bald schon sollte es für Ekke zurück nach Tegel gehen. Schon der Gedanke daran machte ihn depressiv. Nach dem Vorfall mit dem Fenster ließ man ihm aber nichts mehr in der Zelle, das auch nur im Entferntesten als Werkzeug hätte dienen können. Da musste er schon tiefer in die Trickkiste greifen. Die einzige Schwachstelle des Gefängnisses war der Briefverkehr. Also schrieb er seinem Freund Hagen, einem Ehemaligen aus Tegel, von seiner Frau und von ihrem engelsgleichen Haar. Hagen verstand sofort! Er schickte Ekke eine Postkarte, gratulierte ihm nachträglich zur Hochzeit. Die Karte war mit dreidimensionalen Figuren bestückt, die bewegliche Kulleraugen hatten. Er löste die Plastikteile, höhlte Karte und Plastik aus und setzte das „Engelshaar" ein: eine hauchdünne, flexible Säge, diamantenbestückt, die man um den Finger wickeln konnte. Hagen gab die Karte einem befreundeten Fernfahrer, der sie in Hannover in den Postkasten warf – natürlich mit einem fingierten Absender. Unbeschadet kam die himmlische Sendung bei Ekke an.

Die ständigen Kontrollen seiner Zelle beinhalteten natürlich auch das Abklopfen der Gitterstäbe. Sie wurden in seiner Freistunde durchgeführt. Viel Zeit hatte er also nicht. Er musste innerhalb einer Nacht verschwinden. Er ließ sich noch das

Abendbrot schmecken und ruhte sich ein wenig aus. Vorsichtig rückte er den Tisch unter das Fenster, so hatte er einen besseren Stand für seine Arbeit.

Seine mächtigen Hände waren für das Engelshaar fast zu groß, es verschwand beinahe völlig darin. So blieb ihm nichts anderes übrig, als die Säge zwischen Daumen und Zeigefinger festzuhalten. Es dauerte nicht lange, bis er die erste Riefe im Stahl hatte. Aber er verkrampfte immer mehr und es wurde eine Quälerei. Nach zwei Stunden war er immerhin fünf Millimeter tief in den Stab eingedrungen. Um Mitternacht hatte er die Hälfte geschafft. Aber von nun an kam er nicht mehr richtig vorwärts. Unentwegt sägte er. Seine Fingerkuppen bluteten schon. Es dämmerte, als der Ausbrecherkönig entnervt aufgab.

Eine Stunde vor dem Frühstück tarnte er die Schnittstelle mit Zahnpasta und Schuhcreme. Sicherlich hielt das keiner genauen Kontrolle stand, aber er wollte es wenigstens versuchen. Die Säge ließ er in der Klopapierrolle verschwinden.

Wie immer klapperten die Schlüssel, die Tür öffnete sich und Ekke nahm das Frühstück entgegen. Später nahm er am Hofgang teil.

Es war kalt an diesem Morgen im Januar 1981 und er trat auf der Stelle. Er musste warm bleiben, um für den Fall aller Fälle noch reagieren zu können. Dann wurde er reingerufen. Sie führten ihn in das Büro des Anstaltsleiters.

„So, Lehmann, wir haben Ihre Säge gefunden."

Und tatsächlich lag das Engelshaar vor ihm auf dem Schreibtisch.

„Was haben Sie denn für Gitterstäbe? Normalerweise wäre ich innerhalb von fünf Stunden weg gewesen."

„Die Stäbe sind hohl und innen läuft eine senkrechte Welle, die jede Bewegung mitmacht. Trifft das Sägeblatt auf die Rolle, so nimmt sie den Druck auf und rutscht nur hin und her."

Ekke kam auf die Isolierstation – Kameras überall. Svenja wurde nach Schweden abgeschoben. Die dänischen Polizisten brachten ihn schließlich nach Hamburg. Sie ließen ihm keine Chance, er war nicht ausgebrochen, und diesen Triumph wollte man nicht leichtfertig aufs Spiel setzen.

Abstürze

In Hamburg übernahm ihn die deutsche Polente. Streng bewacht ging es vom Flughafen aus weiter nach Berlin. Dementsprechend war Ekke gelaunt, als er den Flieger verließ und von einer Reportermeute empfangen wurde. „Verpisst euch!", war sein einziger Kommentar. Dann verschwand er in einem Transporter der Polizei in Richtung JVA.

Wieder Tegel. Ein ganz schöner Kontrast zu den skandinavischen Gefängnissen. Es ging los mit ein paar Wochen Arrestkeller. Dass die Anstaltsleitung mehr als verstimmt war, merkte er ständig. Aber auch hier machten sich alte Seilschaften bezahlt. Auf geheimen Kanälen gelangten Zusatzessen und Tabakwaren zu ihm. Trotzdem reichte es nicht, nach etlichen Wochen stieg er abgemagert, hohlwangig und unrasiert aus dem Keller empor.

Oft dachte er an seine Frau. Svenja regelte in Schweden ihre Angelegenheiten. Die Kinder blieben beim Vater und sie selbst reiste nach Deutschland. Mutter Lehmann beherbergte ihre Schwiegertochter gerne. Das Geld aber war knapp, weil Svenja kein eigenes Einkommen hatte. Ekke musste was tun.

Alsbald „hedderte" er wieder und schob einige Geschäftchen an. Sein altes Organisationstalent blühte auf. Bald konnte er seine Frau draußen unterstützen. Es gab genug Beamte, die ihm etwas zu verdanken hatten. So hatte er ein gutes Aus- und Einkommen. Manchmal schenkte er Svenja sogar ein breites Goldarmband oder einen Pelzmantel. In dieser Zeit malte er sich ein Idealbild von seiner Frau. Mit Geschenken musste er ihr beweisen, was sie ihm bedeutete.

Seinen Hofgang machte er weiterhin allein. So wurde er eines Tages auf eine verletzte junge Krähe aufmerksam. Er nahm den Vogel mit in seine Zelle, man ließ ihn gewähren. Er schiente den Flügel und suchte in seinen Freistunden nach Würmern. Bei den Mahlzeiten saß die Krähe meist auf seinem Tisch, bis sie von dem Mann ein paar Leckerlis bekam. Ekke war sehr behutsam mit seinem Schützling. Dann war der Flügel verheilt. Abstürze folgten Steilflügen. Ständig war etwas los in der Zelle. Irgendwann flog die Krähe dann bei einer Freistunde davon. Ekke verließ fast wehmütig den Hof. Aber bevor er das Gebäude betreten konnte, überraschte ihn ein Mordsgezeter und die kleinen Krallen fassten nach ihm. Es dauerte nicht lange, da hatten die beiden einen neuen Rhythmus gefunden. Der Vogel schlief nachts auf seiner Stange in Ekkes Zelle und kam immer pünktlich zu den Mahlzeiten. Den Rest der Zeit flatterte er draußen herum. Ein Jahr lang ging das so. Dann wurden die Besuche weniger und eines Tages kam er nicht mehr wieder.

Ekke konzentrierte sich nun wieder auf die Geschäfte und seine Ehe. Eigentlich standen den Gefangenen im Monat nur zwei halbe Stunden Besuchszeit zu. Und das im Besucherraum, mit allen anderen zusammen. Ekke nutzte jede Gelegenheit, um Sondersprechstunden zu bekommen. Wann immer möglich richtete er es so ein, dass ihm wohl gewogene Beamte Dienst taten – so blieb das Ehepaar oftmals allein. Ekke gab sein Bestes und Svenja konnte kaum die nächste Sprechstunde erwarten.

Aber schon auf der Flucht hatte er in ihr eine Geilheit geweckt, die sie kaum noch im Griff hatte. Sie wurde schon feucht, wenn sie bestimmte Typen in der U-Bahn sah. Dass diese Männer laut ihren Beschreibungen Ekke ähnlich sahen, tröstete ihn wenig. Eine Lösung musste her. Sie kamen überein, dass Svenja sich „Hausfreunde" nahm. Unter der Voraussetzung allerdings, dass Ekke über alles unterrichtet wurde. Es schien fast so, als ob Ekke ihre Affären mehr brauchte als Svenja. Er war süchtig nach diesem Kick, der Eifersucht, und Svenja kam das entgegen. Mittlerweile hatte sie die Unterkunft bei Mutter Lehmann mit einer kleinen Einzimmerwohnung vertauscht. Das machte es noch leichter.

Es dauerte eine Weile, bis Ekke auffiel, wie oft Svenja sich vögeln ließ. Und immer häufiger schienen die Typen ihm in keiner Weise mehr zu ähneln. Der Kick war weg. Er verbot ihr den Umgang mit anderen Männern. Das war natürlich nicht ganz so einfach, wie sich Ekke das gedacht hatte – hatte sie doch Spaß daran gefunden, es sich jederzeit besorgen zu lassen. Aber ihre Ehe war ihr wichtiger und sie beschränkte sich nach einer Weile auf einen einzigen Stecher.

Dann wurde sie aber von diesem Mann schwanger. Das ging nun gar nicht und hätte zu einer Katastrophe geführt. Sofort ließ sie abtreiben und sich sterilisieren. Ekke erzählte sie etwas von Pillenunverträglichkeit. Sie stritten sich immer häufiger. Dann ging im Knast das Gerücht um, dass man Svenja mit einem Macker gesehen habe. Ekke revanchierte sich damit, dass er ihr keinen Sprechschein mehr zukommen ließ. Nach einer Weile vertrugen sie sich wieder.

Beinahe 24 Monate zogen so dahin, bis es eine erneute Veränderung gab. Man verlegte Ekke in eine normale Zelle und versuchte ihn mit einem Job auf dem Hof einzugliedern. Er konnte herumlaufen, alte Kumpels in den verschiedenen Häusern treffen. Das Beste an der ganzen Verlegung war die Lage seiner Zelle. Das Fenster zeigte zur Straße. Er beobachtete Autos, hörte die Geräusche und sah wieder freie Menschen. Svenja kam oft auf den Parkplatz, den er von seiner Zelle aus einsehen konnte, winkte ihm stundenlang zu und hielt Plakate mit Liebesbotschaften hoch.

Er wollte mehr. Schon immer hatte er sich für CB-Funk interessiert, die Lizenz aber nie bekommen. Er hatte im Kopf gespeichert, welche Drähte wohin führten und welche Quarze wozu nütze waren. Ein Radio mit Kurzwellenfrequenzen konnte als Empfänger dienen, denn es empfing auch einige CB-Kanäle. Der CB-Funk durfte verwendet werden, natürlich nur unter der Voraussetzung, dass es sich um ein zugelassenes Gerät handelte. Ekke ließ sich ein Radio mitbringen und Kopfhörer. Svenja beschaffte sich ein Sprechfunkgerät. Sie fanden einen gemeinsamen Kanal. Svenja konnte ihm nun alles ins Ohr säuseln. Hatte sie Fragen, fragte sie so, dass er mit „Ja" oder „Nein" antworten konnte – über Sichtkontakt mit einer Lampe. Im Laufe der Zeit entwickelte sich ein kleines Morsealphabet.

Aber auch das reichte Ekke nach ein paar Wochen nicht mehr. Der einseitige Kontakt nervte ihn. Ein Sender musste her. Er baute einen Kassettenrekorder um. Elektromikrofon raus, den Motor abklemmen, dem Tonverstärker Strom geben. Über die Anstaltswerkstatt ließ er sich eine kleine Lötplatine, Lötzinn und ein haarfeines Kabel beschaffen. Im offiziellen Monatseinkauf kaufte er eine 9-Volt-Batterie. Nur eine Winzigkeit fehlte noch: der Funkquarz. Für jeden Kanal war ein bestimmter Quarz nötig, nur der würde auf einer bestimmten Frequenz senden können. Dieses Elektroteil gab es in der ganzen Anstalt nicht.

Er wandte sich wieder an seinen Kumpel Hagen. Sicherheitshalber schrieb er ihm verschlüsselt, dass er sich Sorgen um seine Frau mache, die mit ihrer Quarzerei ihre Gesundheit gefährde. Ob denn Hagen nicht mal mit ihr reden könne. Nun war guter Rat teuer. Wie sollte Hagen das Ding reinbringen? Eins war klar: Mit einem Sprechschein als Ehemaliger zu Eckehard Lehmann zu gehen war keine gute Idee. In dieser Zeit waren die Kontrollen wegen diverser Rauschgiftdelikte verschärft worden. Metallteile würden dem Detektor sofort fatale Klänge entlocken. Tagelang dachte er nach. Einige Tage später sah er einen Bericht über Punks im Fernsehen. Na klar, das war's!

Am Tag der Sprechstunde staunten die Beamten nicht schlecht. Dieser Ehemalige schien ein ganz anderer Mensch geworden zu sein. Kopfschüttelnd sahen sie ihm auf dem Weg zum Sprechzentrum nach.

Auch Ekke wusste zunächst nicht, wer der schrille Typ war, der auf ihn zukam. Als er ihn erkannte, konnte er sich das Lachen kaum verkneifen. Hagen hatte Risse in der Jeans, eine wirre Frisur, seine Finger waren mit Ringen übersät und die Füße steckten in amerikanischen Kampfstiefeln. Auf dem nackten Oberkörper trug er eine alte abgewetzte Lederjacke. Sie war übersät mit Teelöffeln, Marmeladenglasdeckeln, Nieten und Glasknöpfen. Da er mit nacktem Oberkörper unterwegs war, hatte man ihm die Jacke gelassen. So war er durch die Metallsonde gekommen. Hagen beteuerte immer wieder, dass alles in Ordnung sei, wobei er in Herznähe auf die Jacke schlug. Ekke entdeckte den kleinen Funkquarz, der auf der Jacke aufgenäht war. Die Übergabe hier war für die beiden ein Klacks.

Bald war das Funkgerät zusammengebastelt, und es funktionierte tatsächlich. Er triumphierte innerlich, als er das erste Gespräch mit Svenja führte. Wie im Film, dachte er so bei sich.

Es gab noch andere Knackis, die aus Langeweile den Kurzwellensender abhörten. Sie staunten nicht schlecht, als sie plötzlich ihren „Kollegen" auf dem Kanal hörten. Auch Neider waren unter ihnen.

So dauerte es nicht allzu lange, bis seine Zelle durchsucht wurde. Natürlich stürzte man sich auf den Rekorder und das Radio. Den Sender fanden sie nicht, aber sie zeigten ihn trotzdem an: Verstoß gegen das Fernmeldegesetz. Lehmann wurde zu weiteren acht Monaten verurteilt. Er nahm das Urteil nicht an. In der Berufung wurden vier Monate daraus.

Seine reguläre Entlassung rückte immer näher. Bald stand der erste Ausgang an. Die Begründung: Er war verheiratet, nicht drogengefährdet und hatte sich für seine Verhältnisse gut geführt. Ekke fieberte diesem Tag entgegen. Er konnte es kaum glauben, dass sich am Urlaubstag das Tor der JVA Tegel bereitwillig vor ihm öffnete und er nicht über die Mauer klettern musste.

Er nahm Gerüche und Geräusche wahr, die er längst vergessen hatte. Was sollte er zuerst machen? Wie viel Zeit blieb ihm noch? Sicherheit und Ruhe waren dahin. Hier war er der Fremde. Das hier war eine Welt, die schonungslos Selbstständigkeit forderte und Unvermögen gnadenlos bestrafte. Deshalb war man von Seiten der Justiz darauf bedacht, die Gefangenen ganz allmählich an das Leben draußen zu gewöhnen. Sie sollten in kleinen Schritten lernen, damit umzugehen.

Svenja lief ihm entgegen und umarmte ihn, das gab ihm wieder etwas Sicherheit zurück. Viele Urlauber hatten ja niemanden, der auf sie wartete. Nicht selten begannen und endeten Ausgänge direkt auf der gegenüberliegenden Straßenseite – im Lokal „Zur goldenen Freiheit".

Das Taxi brachte Svenja und Ekke in ihre Kreuzberger Wohnung. Eigentlich war es keine dolle Wohnung, aber für Ekke war es ein kleiner Palast. Svenja hatte es ohne viel Geld verstanden, aus der bescheidenen Behausung ein gemütliches Heim zu machen. Noch während Ekke aß, konnte sie nicht mehr an sich halten und vergrub ihren Kopf in seinem Schoß. Ekke genoss diesen Moment. Sie kreiste schon jetzt mit dem Becken, als wäre er bereits in ihr. Dabei war ihr Rock hochgerutscht und er sah, dass sie nur einen offenen Slip trug. Grinsend nahm er die Einladung an. Es war schon Mittag, als die beiden endlich voneinander abließen.

Fröhlich summend ging Svenja ins Bad. Ekke wollte die Zeit nicht ungenutzt lassen und suchte ein Anwaltsschreiben, das er mit in den Vollzug nehmen wollte.

Ekke wusste nicht, wo seine Sachen abgeheftet waren. Gedankenverloren blätterte er in den Ordnern. Eine Menge Papierkram. „Gynäkologe" ... „Abtreibung" ... „AOK". Er blätterte zurück. Es gab keinen Zweifel, das war für sie. Sein Herz raste. Sollte sie wirklich ...? Er rechnete weiter. Es konnte nicht von ihm sein, er hatte in diesem Zeitraum keine Sondersprecher bekommen. Es musste passiert sein, nachdem er das Verbot für Svenjas Hausfreunde ausgesprochen hatte. Sie hatte sich von einem anderen schwängern lassen! Er beschloss, ihr eine Chance zu geben, sie sollte es ihm aus eigenem Antrieb heraus erzählen. Sozusagen als Beichte, jetzt hier beim gemeinsamen Beisammensein. Svenja ahnte nichts. Sie schaute ihn verliebt an und fragte, ob er Kaffee wolle.

„Nein, im Moment nicht. Aber erkläre mir doch mal jetzt in Ruhe, warum hast du dich damals so schnell sterilisieren lassen?"

Es kam dieselbe Antwort wie damals, sie vertrüge die Pille nicht, und da sie ja keinen gemeinsamen Kinderwunsch hatten, hatte sie es für das Praktischste gehalten. Das Gespräch plänkelte noch eine Weile dahin. Ekke fragte direkt nach einer Schwangerschaft durch einen anderen. Svenja erklärte ihm, dass sie ihm so etwas nie verheimlichen könnte. Er kochte vor Wut, aber beherrschte sich. Er würde seinen Schwager fragen. Er sagte seiner Frau, er müsse kurz was mit ihm besprechen.

Heinz wohnte ein Haus weiter. Er trank gerne ein Tröpfchen, so auch heute. Ekke erzählte ihm, dass er Urlaub habe und sich nur mal bei ihm erkundigen wollte, ob Svenja auch immer treu gewesen sei und ob er, Heinz, auch ein wachsames Auge auf sie habe. Heinz bejahte das zunächst – wenn auch etwas zögerlich. Allmählich verstrickte sich Ekkes Schwager aber in Widersprüche und gestand Ekke schließlich, dass es da wohl doch einen Liebhaber gegeben habe, von dem sie schwanger geworden sei. Danach habe sie sich sterilisieren lassen. Es sei ihm sehr peinlich, weil er die beiden miteinander bekannt gemacht hatte.

Wenn sie ihm doch nur diesen Ausrutscher gebeichtet hätte. Das hätte er verzeihen können. Verdammt, er hatte Aufrichtigkeit erwartet.

Ekke saß wieder vor ihr in der Wohnung und kippte Weinbrand in sich rein. „Willst du mir nicht irgendetwas erzählen?"

Sie leugnete standhaft und gab nichts zu. Sie war sich absolut sicher, dass ein Geständnis sie trennen würde. Sie würde diesen Mann verlieren, der ihr Ein und Alles war.

Wie oft sie ihn wohl schon angelogen hatte? „Ich will jetzt die Wahrheit wissen." Ekke kochte langsam über und erzählte von seinem Gespräch mit Heinz. Dass dieser ihm erzählt hätte, dass sie mit einem anderen Typen ficken würde, immer noch. Dass er sie geschwängert habe.

Svenja versuchte zu kontern: „Heinz ist nur sauer, weil er mir seinen Schwanz nicht reinstecken kann. Ich habe ihn weggeschickt. Du musst dich schon entscheiden, wem du glaubst!"

Mit einem Schwung riss Ekke die Schublade mit den Aktenordnern aus dem Schrank. Das Holz splitterte, als er sie auf den Tisch schlug.

„Und wie erklärst du das hier?", brüllte er, als er ihr den Brief vom Gynäkologen zeigte.

Das war das Ende. Sie klammerte sich an ihn und beschwor ihre gemeinsamen Erlebnisse, ihre Liebe. Mit einem Arm riss er sie los und fegte sie in eine Ecke des Zimmers. Sie versuchte die Tür zu erreichen, als er ihr ins Gesicht schlug. Sie taumelte. Wahrscheinlich traf sie deshalb der zweite Hieb nicht. Ekke blieb in ihrer Bluse hängen. Sein Fuß schnellte vor. Der Tritt traf Svenja seitlich in Hüfthöhe, sie landete im Flur. Svenjas Glück war, dass er nicht kämpfte wie sonst – kalt, berechnend und effizient. Sein Hass machte ihn unkontrolliert. Sie griff um sich, fand Halt und zog sich hoch. Eine Klinke. Sie öffnete die Wohnungstür und rannte davon. Ekke verfolgte sie nicht.

Er versuchte seinen Schmerz in Weinbrand zu ertränken und zerschlug die Wohnungseinrichtung. Er soff, bis nichts mehr da war, dann rief er im Knast an: „Es geht nicht mehr. Ich kann nicht alleine kommen, holt mich ab!"

Er legte sich hin und schlief ein.

Am nächsten Morgen holte ihn die Polizei ab und brachte ihn nach Tegel zurück. Ekke war mal wieder bei null. Niemandem konnte er vertrauen. Sie hatte ihn angeschaut und ihn belogen. Das zeigte nur, wie wenig sie ihn respektierte.

Er sah keinen Grund mehr, sich im Gefängnis gut zu benehmen. Er soff, ging keinem Streit aus dem Wege und ließ sich gehen. Nach kurzer Zeit wussten alle, dass Lehmann auf dem Kriegspfad war, und man mied ihn.

„Scheiß drauf", sagte er sich, „die letzten 20 Monate krieg ich auch ohne euch rum."

Es dauerte nicht lange und Svenja schrieb ihm. Sie bat ihn um Verzeihung. Nach einer Weile schickte Ekke ihr einen Sprechschein. Endlich erzählte sie ihm alles und versprach, ihn nicht mehr zu betrügen. Ekke wollte Namen, Adresse und Telefonnummer ihres Lovers wissen. Er rief bei ihm an.

Dieser Hartwig war recht forsch und erklärte ihm jovial, dass es zwischen ihm und Svenja viel mehr sei als nur Sex. Außerdem habe Ekke noch 18 Monate, und da könne ihm das doch egal sein.

In der folgenden Zeit tobte Ekke. Svenja musste für alles herhalten. Sie spürte, dass Ekke ihr nie verzeihen würde. Hartwig entschädigte sie für diesen Psychoterror. Sie hatten sich den Tag von Ekkes Entlassung rot im Kalender eingetragen – aber Ekke hatte Svenja ein falsches Datum genannt. Drei Tage früher klingelte es an ihrer Wohnung. Ekke hatte sich eine abgesägte doppelläufige Schrotflinte bereitstellen lassen. Geladen war sie mit Nullerschrot. Die Jacke tarnte sie.

„Ja bitte, wer ist da?"

„Ekke. Mach auf!", erwiderte er knapp.

Seine Geduld war auch nicht von langer Dauer. „Von der Tür weg!", brüllte er. Gleichzeitig schwang sein Arm nach hinten, schob die Jacke zur Seite und drückte den Schrotmann in Position. Der Schuss traf die Tür in Schlosshöhe und zerfetzte das Blatt. Die Reste trat Lehmann ein und stand mitten im Raum.

Das Paar saß fassungslos auf der Couch und hielt sich umschlungen. Lehmann grinste und fragte, warum sie denn so schüchtern seien. „Lasst mich doch mal zusehen!"

Svenja ahnte Schlimmes. Gewaltig stand er da, die mächtigen Arme baumelten ungeduldig an den Seiten.

„Los, ihr Tiere, fickt jetzt. Ihr habt es doch die ganze Zeit getrieben. Los, zeigt es mir!"

Svenja und Hartwig waren fassungslos und brachten kein Wort hervor. Svenja wusste, dass er es ernst meinte. Es musste sein. Sie öffnete die Hose ihres Geliebten und fingerte darin herum. Was sie zum Vorschein holte, war nicht zu gebrauchen. Hartwig schlotterte vor Angst. Sie öffnete ihre Bluse und beugte sich vor, um seinen Schwanz zu lutschen. Es nützte nichts, alles blieb schlaff. Svenja fühlte sich erniedrigt, wie sie so auf der Erde kniete, die Brüste heraushängend, das schlaffe Glied zwischen ihren Lippen.

„Na, klappt wohl nicht?", höhnte Ekke. „Ich sehe, dass hier alles zum Besten steht. Du kannst ruhig hier bleiben." Ekke verließ das Chaos.

Er war wieder frei – aber er war auch allein. Niemand verfolgte ihn, niemand schrieb ihm seinen Tagesablauf vor. Er hatte Schlafstörungen. Ihm fehlten die typischen Knastgeräusche. Keine Schritte hallten auf dem Gang, keine Schlüssel klapperten. Tagsüber war genug Leben um ihn herum. Aber nachts, da verspürte er Sehnsucht nach seinem Zuhause, der JVA. Dort war er groß geworden. Das war sein Revier. Da hatte er Macht. Es war seine Heimat.

Seine nächtlichen Wanderungen führten ihn wieder in den Norden Berlins – nach Tegel. Die Zwillingstürme, das große Tor – er glaubte die Gerüche bis auf die Straße wahrnehmen zu können. Er beobachtete die Beamten. Die allerdings wussten bald nicht mehr, was sie denken sollten: „Pass bloß auf, Lehmann lungert schon wieder da draußen rum." Selbst wenn man es ihnen erklärt hätte, hätten sie es nicht verstanden.

Ekke hielt immer noch Kontakt zu Svenja. Zum einen war er dort noch gemeldet und zum anderen war er zu tief verletzt und zu wütend, als dass er sie hätte in Ruhe lassen können. Er musste sie leiden sehen. Ansonsten hielt er sich an der Damenwelt schadlos und vögelte sich durch den Kiez. Die Frauen verfielen ihm wie eh und je. Viele gaben feste Beziehungen für ihn auf, hoben ihre Ersparnisse ab oder nahmen Kredite auf. Ekke sagte nur: „Ich bräuchte mal ... ich hätte gerne ...", und die Puppen tanzten.

Er hatte Geld und beschloss, Gastronom zu werden. Ekke pachtete eine Kreuzberger Kneipe. Hinter den Tresen stellte er ein paar hübsche Mädels, die ja bekanntlich immer für guten

Umsatz sorgen. Aber Ekke war zu bekannt für seine Ausfälle, und so lief der Laden schlecht. Das merkte auch der Konzessionsträger und er versuchte, Ekke aus dem Geschäft zu drängen. Zureden und Drohungen halfen nicht.

Eines Tages betrat er mit ein paar Jungens von der Potse die Kneipe. Sie setzten sich hin und bedeuteten mit gespreizten Worten, wie gefährlich sie seien und was passieren könne, wenn Lehmann nicht verschwinden würde. Ekke hatte unbewegt zugehört, dann sagte er: „Ruhig, Männer, bloß ruhig. Mensch, trinkt doch erst mal was." Betont langsam drehte er sich zum Flaschenregal um. Die Flaschen klimperten leicht, als er ins Regal griff. Dann schwang sein Arm nach vorne – in seiner Hand eine Schrotflinte. Im Rückwärtsgang verließ die Truppe das Lokal.

Lief der Laden, hatte er gute Laune. Lief er schlecht, dann soff er und niemand konnte es ihm recht machen. Vor allem Svenja nicht. Sie sehnte sich nach dem alten Ekke zurück. Aber ihn regierten nur noch Hass und Enttäuschung. Oft saß Ekke in ihrer Wohnung, in der einen Hand den Weinbrand, in der anderen Hand eine Pistole. An der Wand hing ein Porträt von Svenja, allerdings ohne Gesicht. Zu oft hatte der Hüne darauf geschossen. Gelegentlich schoss er auch auf sie. Svenja musste von Deckung zu Deckung springen, während er auf ihren Kopf zielte. Er war zwar ein hervorragender Schütze, aber zum Glück meist total betrunken bei diesen perversen Spielchen. Nicht selten nässte sie sich vor Angst ein und er machte sich über sie lustig. Wenn der Spuk vorbei war, polkte er die Projektile aus der Wand und ließ sie mitsamt der Waffe verschwinden. Kam die Polizei wegen des Kraches, versicherte er, dass es sich um Platzpatronen oder Böller gehandelt habe. Svenja hatte viel zu große Angst, als dass sie etwas Gegenteiliges behauptet hätte.

Eines Tages nahm Ekkes Schwager Heinz unfreiwillig an einer dieser Hauspartys teil. Danach erstattete er sofort Anzeige bei der Polizei. Mit großem Aufgebot rückte man an. Aber sie fanden rein gar nichts. Ekke erzählte was von Dübellöchern. Die Bullen mussten unverrichteter Dinge wieder abziehen. Svenja hatte wie immer geschwiegen. Heinz allerdings sah sich in Zukunft dreimal um, bevor er die Straße betrat. Eines Tages erwischte ihn Ekke und schlug ihn k. o. Ekke markierte sein Revier und da passten Anscheißer wie Heinz nicht hinein.

Die Situation zwischen Svenja und Ekke wurde immer schlimmer. Sie suchte einen Ausweg. Als sie mal wieder in seiner Kneipe zusammensaßen und es gerade friedlich war, bat sie ihn demütig, dass sie vom Tisch aufstehen dürfe, um von zu Hause Kopfschmerztabletten zu holen. Gönnerhaft überließ er ihr die Wagenschlüssel für den Ford, den er erst kürzlich gekauft hatte.

Als sie in ihrer Wohnung war, ging sie zu seinem Versteck. Er hatte bei ihr Geld gebunkert, das er nicht zur Bank bringen wollte. Ekke war sicher, dass sie zu viel Angst hatte, um sich daran zu vergreifen. Sie packte das Bündel – ungefähr 30.000 Mark – und ein paar Klamotten, startete den Ford und fuhr in Richtung Westen. Sie hoffte nur, dass er sie schnell töten würde, wenn er sie in die Finger bekäme. Schließlich hatte sie ihm Auto und Geld gestohlen.

Nach einer Stunde hatte er sich auf den Heimweg gemacht und erkannt, dass das Vögelchen ausgeflogen war, mitsamt Auto und Geld. Seltsam gelassen nahm er die Sache hin. Sie würde sich schon wieder melden. Und richtig, nach 14 Tagen rief sie an. Sie war in Hannover. Sie könnten sich dort auf dem Bahnhof treffen.

Vom Bahnhof gingen sie in eine Kneipe. Ekke schwadronierte sofort los, prahlte damit, dass er sie sowieso gefunden hätte und er ihr nur die Chance gelassen habe, sich von selbst wieder zu melden. Sie lachte schallend, lachte ihn aus. Er schlug ihr mit voller Wucht ins Gesicht. Dann ging er aufs Klo. Als er zurückkam, war ihr Platz leer. Glaubte sie denn wirklich, dass er sie nicht finden würde?

Ekke fuhr zurück nach Berlin. Svenja war nicht da. Sie blieb verschwunden. Man verdächtigte ihn, sie umgebracht zu haben. Ekke vermutete, dass sie nach Dänemark gefahren war. Er ließ sich von einer seiner Bräute dorthin kutschieren. Er kannte hier einen Kommissar, der für seinen Geschäftssinn bekannt war. Der schob die Fahndung nach Ekkes Ford an. Tatsächlich, er wurde gefunden, aber Svenja nicht. Für ein paar Wochen blieb Ekke in Dänemark. Seine Reisekasse füllte er durch Flirts und allerlei Geschäfte auf. Svenja aber war wie vom Erdboden verschluckt. So kehrte er nach Berlin zurück. Es nagte an ihm. Verdammt noch mal, es musste doch eine Möglichkeit geben, diese Schlampe aufzutreiben. Dann fiel es ihm wie Schuppen von den Augen. Während ihrer Ehe hatten sie des Öfteren eine Anwältin bemüht. Das konnte der Schlüssel sein.

Er ließ eine seiner Bräute dort anrufen, sie stellte sich als Mitarbeiterin im Frauenhaus Spichernstraße vor und bat um Mithilfe. Frau Lehmann habe einige Wochen dort gewohnt – das stimmte wirklich – und habe einige persönliche Sachen hinterlassen. Man wolle sie ihr zuschicken. Nach einigen Tagen hatte das Anwaltsbüro in Erfahrung gebracht, dass Frau Lehmann postlagernd in Bremen zu erreichen sei. Also auf nach Bremen.

Er saß von morgens bis abends in einer Kneipe und beobachte von einem Tisch in Fensternähe den Eingang des Postamts. Nach drei Tagen kam sie. Er verfolgte sie unauffällig. Nach kurzer Zeit erreichte sie ihre Unterkunft. Es war ein Puff. Am nächsten Abend machte Ekke sich auf den Weg. Er klingelte und wurde freundlich hereingebeten. Lässig schlenderte er durch das Etablissement. Svenja saß auf einem Ledersofa. Sie trug Reizwäsche und war wie immer der pure Sex. Sie sah auf, ihr Lächeln erstarrte, als sie ihn erkannte. „Was willst du hier?", schrie sie und sprang auf. Ihr Drink spritzte auf die Couch und das Glas kullerte über den Boden.

Ekke blieb kalt. Sie hatte Angst. Er spürte keine Wut. Er wurde nicht beleidigend. Es war aus.

„Tja, Baby, hier ist Schluss für dich. Du hast dein Ziel erreicht. Komm nie wieder nach Berlin, sonst erlebst du die Hölle!" Er spuckte ihr verächtlich ins Gesicht. Dann schlenderte er betont langsam auf den Ausgang zu. Er sah Svenja nie wieder.

Ekke stürzte sich mit Begeisterung in Exzesse jeder Art. Weiber gab es ja wie Sand am Meer. Vielleicht war mal die eine oder andere dabei, die er für eine Weile als Kumpel betrachtete, aber das war nie von langer Dauer. Er hielt sich immer mehrere Weiber gleichzeitig. Nicht allen Frauen gefiel das. Eine Perle hatte einen ausgezeichneten Draht zu einem Berliner Polizeikommissar. Sie sang ihm ein Lied von Körperverletzung, Sachbeschädigung und Raubdelikten vor.

Ekke begann mit Störmanövern gegen die Zeugin. Aber nicht immer musste er es gewesen sein, wenn gelegentlich Steine in die Scheibe ihrer Parterrewohnung flogen oder sie im Hausflur zusammengetreten wurde. Trotzdem erließ man eine einstweilige Verfügung gegen ihn. Aber er machte weiter. Bald lag wieder so viel gegen ihn vor, dass es für einen Haftbefehl reichte. Und so landete er wieder in der UHA Moabit. 23 Stunden Zelle, eine Stunde Hofgang.

Ekke wurde krank. Bakterien bahnten sich den Weg in sein Blut. Nach einiger Zeit meldete er sich bei der Gefängnisärztin, klagte über Kopfschmerzen und Übelkeit. Sie empfahl ihm, seine „Grippe" mit kalten Wadenwickeln zu bekämpfen. Die Kopfschmerzen nahmen zu, er verbrachte eine schlimme Nacht. Am nächsten Morgen fand man ihn bewusstlos in seiner Zelle.

Mit dem Notarztwagen wurde er ins nahe gelegene Virchow-Krankenhaus gefahren. Die Untersuchungen ergaben einen bösen Verdacht. Man entnahm Lehmann Rückenmark. Der Arzt diagnostizierte eine Hirnhautentzündung. Ekke kam auf die Intensivstation, an einen Herzkatheter. Penizillin wurde ihm in großen Mengen zugeführt. Er fiel in ein Koma. 21 Tage dauerte es. Danach tobte er ihm Fieberwahn. Man sah es ihm nach. Er wusste ja nicht, was er tat. Die Schwestern mussten Stunden an seinem Bett verbringen, um ihn davon abzuhalten, erneut ins Koma zu fallen. Das hätte tödlich sein können.

Endlich war er fieberfrei. Er erkannte seine Umgebung. Er wusste, wo er war. Apathisch, schwächlich, dünn lag er in den Laken. Kaum eine Ähnlichkeit mit dem Ausbrecherkönig von damals. Er konnte sich nicht mehr konzentrieren. Er hatte Sehschwächen. Sein Gedächtnis, auf das er immer stolz gewesen war, funktionierte nicht mehr richtig.

Zwei Monate blieb er in der Klinik. Es sei ein Wunder, dass er überhaupt überlebt habe, sagten die Ärzte. Ekke erschrak, als sie ihm eröffneten, dass seine Hirnhaut schwer vernarbt sei. Die Narben würden auf verschiedene Hirnbereiche drücken. Die Zukunftsprognose war düster. Seine Reflexe sollten in Zukunft nicht mehr so funktionieren wie früher. Er würde immer schwerfälliger werden.

Mit seinen 41 Jahren war er medizinisch schon auf dem absteigenden Ast, durch die Krankheit wurde es noch schlimmer. Er müsse Medikamente nehmen, um die Schmerzen zu ertragen. Über vierzig, krank, einsam, mittellos, Haft in Aussicht. Seine Züge verhärteten sich, die Adern schwollen zornig an. Wenn das der Weg war, dann würde er ihn gehen. Stolz und ungebeugt. Wenn er fiel, dann mit erhobenen Fäusten und nach vorn.

Aber Ekke wurde entlassen, er war zu krank für den Knast. Allerdings musste er sich zweimal die Woche auf dem Revier melden. Wenn das alles war ...

Während des Krankenhausaufenthaltes hatte Ekke eine Witwe kennen gelernt, die ihn aufopfernd gepflegt hatte. So war es nicht weiter verwunderlich, dass er bei ihr einzog. Ekke genas schnell. Jeden Wunsch las sie ihm von den Augen ab. Sie hoffte, dass er bei ihr bleiben würde.

Nach und nach erkannte Ekke, dass man ihn bei der Entlassung aus dem Krankenhaus nicht belogen hatte. Manchmal fand er nicht einmal mehr mit der U-Bahn nach Hause. Er konnte Sätze nicht zu Ende sprechen, seltsame Laute purzelten über seine Lippen. Sein Gedächtnis war schlecht.

Ekke kämpfte um sein Selbstwertgefühl. Er fuhr Fahrrad, trainierte am Sandsack. Oft musste er sich daran festhalten, um nicht umzufallen. Seine Bewegungen hatten kein Timing. Die Kombinationen waren nicht flüssig. Das war nicht er – dieses Wrack. Er fühlte sich verwundbar. In diesen Augenblicken schloss er die Augen, und sah sie alle fallen: die Frauen, die ihn verraten hatten, die GIs, die Schläger vom Kiez, die Knastologen, die Aufseher. Er erinnerte sich an die Angst in ihren Augen. An die Macht, die er gehabt hatte. Dann schlug er wie besessen auf den Sack ein. Wer weiß schon, ob ihm Schweiß über das Gesicht lief – oder Tränen.

Die Polizistin

Eckehard Lehmann meldete sich zweimal wöchentlich auf dem zuständigen Revier. Obwohl er den einen oder anderen Beamten freundlich grüßte, gelegentlich sogar einige kleine Schwätzchen hielt, blieb doch stets eine Distanz. Er hatte einfach nichts übrig für die andere Seite.

Wieder einmal schob er seine große Gestalt in den Wachraum. Heute wurde er mit einem warmen Lächeln empfangen. Eine Polizistin hatte Dienst, der er schon vorher begegnet war. Damals hatte sie einen Einsatz gefahren. Ekke war an einer Schlägerei beteiligt gewesen. Er hatte sie aus zusammengekniffenen Augen gemustert und gezischt: „Bist du eine Frau?"

Noch heute schmunzelte sie darüber. Mit ihrem kurzen blonden Haar und der austrainierten Figur konnte man schon daran zweifeln. Als sie sich als Frau zu erkennen gab, hatte er nur geknurrt: „Haste aber Glück gehabt, ich wollte dir gerade was auf den Zünder geben!"

Nach der Begegnung auf dem Revier sah sie ihn häufiger auf

der Straße. Man warf sich ein paar Worte zu, das war es dann aber auch. Sie wusste selbst nicht genau, ob es wirklich Zufälle waren oder ob sie diese Treffen forcierte. Dann war Ekke plötzlich aus der Meldekartei gestrichen. Wegen der Schwere seiner Krankheit hatte sein Anwalt das durchsetzen können.

Einige Wochen später trafen sie sich zufällig. Ekke war mit Mofa und Freundin unterwegs. Sie war nicht im Dienst. Es kam, wie es kommen musste, und bald saßen die drei in einer Kneipe. Ekke erfuhr, dass sie Heidi hieß.

Er legte sich mächtig ins Zeug, ohne Rücksicht auf seine Freundin. Wahrscheinlich kannte sie Ekke gut genug, um zu wissen, dass er nicht anders konnte, wenn er erst mal angejuckt war. Heidi genoss die Situation. Schließlich saß sie hier mit dem Schrecken von Kreuzberg am Tisch. Er war herrisch und herausfordernd. Ja, das war hier sein Revier. Seine mächtigen Pranken lagen locker auf seinen Schenkeln, wie zwei gezogene Waffen. Heidi musterte ihn, wie sie glaubte, unauffällig. Aber Ekke hatte es längst bemerkt. Geschickt lenkte er das Gespräch auf seine künstlerische Ader. Er schlug vor, dass sie zu dritt in seine Wohnung fuhren, um sich die Bilder anzuschauen.

Sie tranken Kaffee und Schnaps und plauderten. Plötzlich knallte Ekke eine Pistole auf den Tisch und fragte Heidi, ob sie etwa als Spitzel auf ihn angesetzt sei. Heidi lachte nur. Nachdem Ekke ihren Namen und Geburtsdatum erfahren hatte, griff er zum Telefon und rief eine Nummer an. „Ekke hier. Check doch mal durch, mein Freund. Geburtsort – Dortmund. Abschnitt – Friesenstraße. Nichts gegen mich? Sauber? Okay, Alter, du hast was gut bei mir.“

Ekke bat Heidi, ihn nach Lichterfelde zu fahren. Seine Freundin war zu müde und zu betrunken. Sie gingen zu ihrem Wagen. Sie waren allein. Heidi spürte die Gefahr, die von diesem Kerl ausging. Sie hatte die Kontrolle abgegeben, aber sie fühlte sich herrlich dabei.

Er fragte um Erlaubnis, bevor er seine Hand hinter ihre Kopflehne schob. Nur ganz kurz streifte er ihren Nacken, beinahe hätte sie aufgestöhnt. In Lichterfelde gingen sie in eine Kneipe. Ekke bestellte Drinks und erzählte ihr von seinem Leben: Er fühle sich leer, ohne Ziel und ohne Bestimmung. Er wolle einem alten Knastkumpel dabei helfen, ein Spielkasino in Westdeutschland auszurauben. Das würde ihn vielleicht wieder in Fahrt bringen. Am nächsten Tag sollte es losgehen. Mit der Beute wolle er um die Welt segeln – und nie mehr zurückkommen.

Sie flehte ihn an, das zu lassen. Ekke zuckte nur mit den Schultern. Nach einiger Zeit fanden sie einen Kompromiss: Er würde nicht fahren, wenn sie ihn mit zu sich nach Hause nahm. Aber er wollte noch mehr: „Darf ich dann bei dir bleiben?" Heidi schmolz dahin. Er nahm ihren schlanken Körper in seine Arme, zog sie an sich und küsste sie zärtlich.

Aber Lehmann blieb Lehmann. Während sie zum Auto schlenderten, erleichterte er einen Obstlaster um eine Stiege Weintrauben. Der Besitzer schulde ihm noch etwas. Dann teilte er mit, dass er noch zu einer anderen Kneipe fahren müsse. Sie folgte ihm.

Breit blieb der Hüne im Türrahmen stehen und fixierte die Anwesenden.

„Ein Bier, ein O-Saft, auf Kosten des Hauses!", raunzte er die Blondine hinterm Tresen an. Der Wirt, ein ziemlicher Mickerling, nickte eifrig.

Ekke fragte ihn drohend, ob er eine Ahnung habe, warum er hier sei, dabei fegte er einen Aschenbecher auf den Boden. Das grelle Geräusch ließ den Wirt aus seiner Apathie erwachen: „Was soll der Scheiß?"

Ekke schwollen nun die Adern. „Was das soll?" Wegen ihm, dem Drecksack, habe er acht Wochen U-Haft abgebrummt. Ob er sich überhaupt acht Wochen Knast vorstellen könne? Ekke war in Fahrt. Mit der Faust hämmerte er so lange auf die Zapfanlage ein, bis sie kaputt war. Dann wollte er das Telefon aus der Wand reißen, aber Heidi hielt ihn auf.

Ein Gast hatte die Polizei alarmiert. Sie waren aber schon ein gutes Stück von dem Lokal entfernt, als die Beamten eintrafen.

„Da muss ich noch mal zurück, ich laufe doch nicht vor Bullen weg."

Heidi glaubte, nicht richtig zu hören, ließ ihn aber laufen und wollte auf ihn warten. In seinem Beisein erklärte der Wirt, dass er von der Leiter gefallen sei, als er die Flasche aus dem oberen Regal holen wollte. Dabei sei die Zapfanlage zerbrochen. Einige Gäste konnten das bestätigen. Die Polizisten nahmen die Aussagen auf, und so konnte auch Ekke wieder gehen.

Allerdings tat er das nicht alleine. Unbemerkt heftete sich eine Zivilstreife an seine Fersen. Sie sahen den Wagen, sahen eine Frau am Steuer und notierten die Nummer. Der Mann am Funk war nicht wenig erstaunt, als die Halternachfrage kam. Er kannte Heidi. Die Zivilbullen fuhren zu ihrer Wohnung.

Ekke und Heidi reagierten gleich, als sie das wohlbekannte Geräusch eines Streifenwagens im Leerlauf hörten. Ekke dachte sofort an Verrat. Seine Augen zogen sich zusammen und sein Körper spannte sich. Er würde sie damit nicht davonkommen lassen. Heidi war inzwischen zum Fenster gegangen und zog die Jalousie minimal auseinander. Da standen ihre Kollegen und beobachteten die Wohnung.

Ekke war hinter sie getreten. Einen kurzen Augenblick streifte sie der Hauch von Hass und Gewalt. Sie schauderte, als seine Pranke nach ihrem Nacken griff. Die Polizisten aber klingelten nicht an der Wohnungstür, sondern stiegen in ihren Wagen und fuhren davon.

Noch immer hielt Ekke ihren Nacken gepackt. Heidi glaubte, dass er ihr gleich das Genick brechen würde. Aber dann spürte sie seine andere Hand zwischen den Beinen. Sie öffnete die Schenkel. Ekke drang in sie ein, und dort, am Fenster, fickte er sie, ohne einen Laut von sich zu geben.

Am nächsten Tag musste sie zum Dienst. Ihr Vorgesetzter rief sie mittags zu sich. Heidi war sich keiner Schuld bewusst und betrat gut gelaunt sein Büro. Umso heftiger traf sie die Mitteilung, dass er von ihrer Liaison mit Eckehard Lehmann wisse. Er bat um Aufklärung.

Natürlich habe sie den Wagen nur verliehen. Nein, sie war nicht gefahren, sondern eine Freundin. Der Beamte nahm es hin, vergaß aber nicht, sie darauf aufmerksam zu machen, dass sie sich ihre Freunde besser aussuchen solle. Eine Verbindung zu Lehmann – auch im Bekanntenkreis – könne Konsequenzen für ihre berufliche Karriere nach sich ziehen.

Die restliche Dienstzeit zog sich endlos hin. Ihre Gefühle schlugen Purzelbäume. In ihrer Wohnung hatte Ekke einen Blumenstrauß geparkt. Als sie nach Hause kam, klingelte auch schon das Telefon. Ekke wollte sie seiner Schwester vorstellen. Er nannte ihr ein Lokal. Heidi fuhr hin. Es wurde ein recht geselliger Abend. Die Story mit dem Wachleiter tangierte Ekke nicht weiter. Er meinte, dass das letztlich ihre Entscheidung sei.

Darüber war sich Heidi längst im Klaren. Am nächsten Tag gestand sie ihrem Vorgesetzten, dass sie ihn angelogen habe. Heidi meldete sich krank, die Kollegen wurden informiert. Eckehard Lehmann, einer der meistgehassten Männer innerhalb der Strafverfolgung, hatte eine der ihren auf seine Seite gezogen. Sie wollten das Paar auseinander bringen. Am einfachsten wäre es natürlich, Lehmann wieder in Haft zu nehmen. Das würde ja nicht lange so dauern. Ekke wurde beschattet. Einer der Nachbarn, ein Polizeipensionär, bespitzelte ihn. Das gab

Anlass zu immer neuen Kleinkriegen und Polizeieinsätzen. Aber es passierte nichts Gravierendes.

Er wehrte sich gegen die Anziehung, die von Heidi ausging. Sie war alles andere als ein Püppchen. Das machte die Sache für Ekke so bedrohlich. Er wollte nicht wieder ein Fiasko mit einer Frau erleben. Je deutlicher Heidi ihm zeigte, wie sehr sie an ihm hing, desto mehr stieß er sie zurück, obwohl er sich doch eigentlich nach ihr sehnte. Zwei Welten prallten aufeinander. Hier Ekke: emotional und unbeherrscht, dort Heidi: rational und kontrolliert.

Ekke zog bei ihr ein. Aber der Pfeil des Misstrauens steckte tief. Schließlich war sie eine Polizistin. Oft warf er ihr vor, dass sie ihn bespitzeln würde. Als sie ihn auf der Straße vor einem Zivilbeamten warnte, dachte er sofort an ein Komplott. Er ging nach Haus, packte und stieg in seinen Campingbus. Heidi nahm die Schlüssel aus dem Zündschloss. Aber einen Lehmann zwang man zu nichts. Er schrie sie an und Heidi ging. Ekke stutzte und sie vertrugen sich wieder.

Ein anderes Mal stritten sie darüber, welches Fahrzeug sie fahren sollten. Aus dem Nichts heraus brüllte Ekke: „Leck mich am Arsch, dann fahr ich eben alleine. Nu kannste mich ja anscheißen bei deinen Bullenfreunden." Er schwang sich auf sein Mofa und fuhr davon, Heidi mit ihrer Honda hinterher. Sie lieferten sich ein Rennen. Sie holte ihn ein, er rannte zu Fuß weiter, dann hatte sie ihn.

„Verpiss dich, du Schlampe, ich bin fertig mit dir."

Es reichte. Sie schmiss ihren Helm auf die Erde und hieb dem Riesen mit voller Wucht die Faust ins Gesicht.

„Du schlägst mich wie ein Bulle?", war alles, was er hervorbrachte.

Heidi stand kampfbereit vor ihm. Er konnte nicht anders, seine Ehre war angekratzt. Ohne Ansatz flog seine Linke heraus. Heidi war bewusstlos, noch bevor sie mit dem Schädel aufs Pflaster schlug. Ekke beugte sich nieder, zog Heidi einen Ring vom Finger, steckte ihn ihr in den Mund, stieg über sie hinweg und setzte seinen Weg fort. Heidi kam zu sich, sprang auf und lief los.

„Halt, warte, bleib stehen!"

„Was willst du denn noch?"

„Bleib bei mir!"

Heidi wollte ihm zeigen, dass sie ihn liebte. Als sie ihn berührte, hieb er ihr mit der flachen Hand ins Gesicht. Sie blieb auf den Beinen, aber alles summte und verschwamm. Sie versuchte es noch einmal und bekam die nächste Ohrfeige. Als sie wieder die Hand hob, um ihn zu streicheln, nahm er sie bei der Hand und ging mit ihr gemeinsam weiter. So lernten sich die beiden allmählich besser kennen.

Ekke wurde durch sein Vorleben immer wieder in Geschichten verwickelt. Einmal fand in der Kneipe seines Kumpels Kudde eine polizeiliche Untersuchung statt, er war angeschwärzt worden. Es ging um illegalen Waffenbesitz. Mit der Kanone war eine Nutte in Westdeutschland umgelegt worden. Ekke sollte den „Lampenbauer", einen Wirt namens Heini, ausspionieren und die Gäste ordentlich aufmischen. Auch Heini hatte Probleme wegen illegalen Waffenbesitzes und war aktenkundig. Vielleicht konnte man das Gewerbeamt und die Polizei auf den Laden aufmerksam machen und eine Schließung forcieren.

In der „Leuchte" in Moabit sahen Ekke und Heidi sich um – der Wirt war nicht anwesend. In einer Woche sollte er wieder da sein. Heini war aber auch sieben Tage später nicht da, als Ekke mit Kudde wiederkam. Ekke hatte langsam die Schnauze voll, er wollte was unternehmen. Zwei Kiffer standen da rum. Ekke fragte, ob sie etwas zum Rauchen dabeihätten, und bestellte ihnen erst mal ein Bier, um sie in Sicherheit zu wiegen. Heidi kam, um ihn abzuholen. Sie nickten sich kurz zu und Heidi nahm am Tresen Platz.

Ekke kam nicht recht voran. Sie wollten ihm partout nicht die Adresse ihres Dealers geben. Die Diskussion wurde immer hitziger. Ekke verwies auf seine „Bekannte" dort am Tresen, die Polizistin sei und sofort Verhaftungen vornehmen könne. Das glaubten sie natürlich nicht. Ekke forderte Heidi auf, sich als Polizistin zu erkennen zu geben. Nur widerwillig tat sie das. Kurz darauf flog der eine Kiffer durch den Raum und prallte gegen die Musikbox. Es setzte noch eine Ohrfeige. Ekke war außer Kontrolle. Der Kiffer verließ die Kneipe, Ekke folgte ihm. Als sie zurückkehrten, ging der Blonde ziemlich breitbeinig und es stank erbärmlich nach Scheiße. Sogar Kudde schüttelte den Kopf. Vergeblich versuchte Heidi ihn später auf sein idiotisches Verhalten aufmerksam zu machen, wo er doch nur Haftverschonung bekommen hatte.

Eine Woche später bat Kudde ihn erneut um Mithilfe. Heini sei jetzt in der Kneipe. Heidi musste sie wieder fahren. Als sie das Lokal betraten, war alles friedlich. Heini saß in einer Ecke und beachtete das hereinkommende Trio überhaupt nicht. Niemand sah die Frau, die in diesem Moment das Lokal verließ und in Heinis Auftrag die Polizei rief. Mehrere Beamte in Uniform betraten das Lokal. Sie waren erstaunt, dass es so friedlich war, und fragten, ob Heidi, Kudde und Ekke Lokalverbot hätten.

„Nun", erklärte Heini, „sie haben seit letzter Woche Hausverbot. Der Lange da hat einen Gast geschlagen, eine Bedienung verletzt. Außerdem haben er und die junge Frau sich als Polizisten ausgegeben."

Nur schwer konnten Kudde, Heidi und die Polizisten Ekke daran hindern, sofort mit dem Geschmeiß aufzuräumen. Die Beamten ließen sich von allen Beteiligten die Personalien geben. Sie mussten auch Heinis Anzeige wegen Hausfriedensbruch,

Körperverletzung und Amtsanmaßung aufnehmen. Heidi protestierte aufs Heftigste. Erstens hatte sie nichts von dem getan und zweitens war sie doch eine Kollegin. Das interessierte die Beamten aber wenig.

Ekke weigerte sich, einen Alkoholtest zu machen. Also nahmen sie ihn auf die Wache zur Blutabnahme. Vorher wurde er untersucht. Man fand seine Gaspistole, die sofort beschlagnahmt wurde.

Alle Beteiligten wurden verhört. Die Beamten stürzten sich mit Eifer auf die Aussagen und die Sache nahm Gestalt an: Aus der Schubserei wurde ein kapitaler Fall von räuberischer Erpressung, Körperverletzung, Hausfriedensbruch und Amtsanmaßung. Geld habe unter Drohungen den Besitzer gewechselt. Ekke habe gar mit einer Pistole hantiert, sich als Polizist ausgegeben und sei von Heidi mit ihrem Dienstausweis unterstützt worden. Sie war angeblich auch bewaffnet gewesen, man hatte die Pistole in ihrer Handtasche gesehen. Selbst die Bedienung erinnerte sich, dass Lehmann sie an den Haaren gerissen hatte. Heidi musste ihren Dienstausweis abgeben.

Am 29. November 1988 wurden Ekke und Heidi um sechs Uhr morgens aus dem Schlaf gerissen. Die Wohnungstür zersplitterte, und bevor die beiden reagieren konnten, war das Bett umstellt. Eine Pistole war auf Ekkes Kopf gerichtet. Zwei Beamte sicherten, drei weitere umringten das Bett.

„Lehmann, ruhig, bleiben Sie ruhig liegen. Hände auf die Bettdecke. Ganz ruhig." Sie fesselten ihn noch im Bett an den Händen. „Sie sind verhaftet, Lehmann."

„Na, da wäre ich nie drauf gekommen!"

Im Streifenwagen wurde er in die UHA Moabit gebracht.

Zeitgleich mit dieser Aktion hatte man auch andere Wohnungen gestürmt. Unter anderen die von Ekkes Exfreundin, der

Witwe, die den Verlust ihrer Wohnungstür zu beklagen hatte. Den Schaden von tausend Mark ersetzte Ekke später selbst. Auch eine Kollegin von Heidi wurde in den frühen Morgenstunden geweckt. Heidi musste zum ersten Mal eine Vernehmung von der anderen Seite über sich ergehen lassen. Sie wiederholte stereotyp, dass sie nichts zu Herrn Lehmann aussagen werde, nichts zu den ihr zur Last gelegten Vorwürfen: Beihilfe, Amtsanmaßung, Verletzung von Datenschutz. Das einzig Fassbare waren ihre Personalien. Sie wurde fotografiert, Fingerabdrücke wurden ihr abgenommen – dann wurde sie entlassen.

Der Mann, den sie liebte, war weit weg, wahrscheinlich für sehr lange. Sie hatte ihren Job verloren und ihre Wohnung war ein einziges Trümmerfeld. Heidis Leben hatte plötzlich einen grauen Anstrich bekommen.

Ekke bewohnte wieder das stinkige Loch in der UHA Moabit. Ihm klangen noch die Worte des Staatsanwalts im Ohr, der im Streifenwagen mitgefahren war: „Wären Sie man lieber bei Ihrer Exfreundin geblieben, dann wäre Ihnen viel erspart geblieben."

Ekke war jetzt 42 Jahre alt. Er war knastmüde. Seine Freude an der Auseinandersetzung hatte nachgelassen. Die Meningitis hatte ihn eine Menge Kraft gekostet. Auch wenn gelegentliche Wutausbrüche an den „alten" Lehmann erinnerten, er war es nicht mehr. Acht Quadratmeter waren sein Reich. Alles wie gehabt. Er vermisste Heidi. Er hatte sie in einem fürchterlichen Schlamassel zurückgelassen. Sie durfte ihn nicht besuchen, weil sie als Mittäterin beschuldigt war. Die Post dauerte mehrere Tage, weil sie erst über den Richtertisch laufen musste. Von seiner Zelle aus sah er den Wachturm – und die Männer dort sahen damit auch sein Fenster. Ein Stück der Straße konnte er auch erkennen. Er schrieb Heidi, dass er sich mit „Fernsehen" die Zeit werde vertreiben müssen – täglich zwischen ein und zwei Uhr mittags.

Ekke stand am Fenster und wartete. Endlich kam sie mit ihrem Wagen vorgefahren. Er liebte diese Frau. Sie suchte die Fensterfront des Gefängnisses ab. Endlich sah sie seine großen Hände zwischen den Gitterstäben. Dieses Spiel wiederholte sich nun täglich. Aus dem Auto heraus konnte sie mit dem Fernglas Ekkes Gesicht hinter den Gitterstäben zum Teil erkennen. Er tat ihr Leid. Das war nicht sein Leben, eingesperrt und einsam. Bald bastelte sie Papptafeln, die sie bei günstiger Gelegenheit hochhielt: „Ich liebe dich" – „Halte durch" – „Vergiss mich nicht".

Im Januar 1989 flogen ihre mittäglichen „Unterhaltungen" auf. Man überprüfte sie, fand Plakate, Buchstabenkatalog und Fernglas. Lehmanns Verlegung in eine andere Zelle war nur noch Formsache. Ekkes neue Zelle lag höher und war weiter von der Straße entfernt.

Mittlerweile saß Ekke schon drei Monate. Besuch empfing er von der Witwe, natürlich mit Heidis Genehmigung. So konnten sie sich austauschen. Seine Exfreundin bemühte sich sehr um ihn, aber ohne an seinem Verhältnis zu Heidi etwas ändern zu wollen. Ihre Sprecherlaubnis hatte sie nicht von der aktuell für ihn zuständigen Richterkammer bekommen, sondern von der Kammer, die sich mit ihm befasst hatte, bevor er wegen der Hirnhautentzündung Haftverschonung bekam. Diese alten Verfahren waren aber noch immer anhängig. Ekke sah eine tolle Möglichkeit: Heidi könnte doch auch dort einen Sprecher beantragen.

Gesagt, getan. Als Heidi das begehrte Papier in den Händen hielt – mit Stempel und Unterschrift –, glaubte sie, dass ihr Herz zerspringen müsse. Jetzt konnte nichts mehr schief gehen. An der Gefängnispforte bekam sie noch einen Stempel und dann war alles klar. Die folgenden Kontrollen liefen schon routinemäßig ab: eine Stunde warten, Körperkontrolle, dann der Lautsprecheraufruf.

Ihr Kuss fiel recht zart aus, sie waren ja nicht allein. Die Unterhaltung berührte kaum private Themen. Sie hielten sich an den Händen und verschlangen sich mit den Augen. Sechsmal gelang ihnen dieser Coup.

Noch stand kein Strafmaß fest. Er spürte körperliche Schmerzen bei dem Gedanken, dass er sich zurücknehmen musste – um Heidis willen. Sie wollten heiraten. Sein Ruf, seine Macht, seine Geschichte – von allem würde er sich nun verabschieden müssen. Er würde nie mehr fliehen. Er durfte sich nicht mehr zu Streitereien hinreißen lassen. Er, der stets in vorderster Front gestanden hatte, musste in die zweite Reihe zurück. Es war an Heidi, die Dokumente zu sammeln, die sie für die Heirat brauchten. Ekke mit seinen drei Ehen und drei Scheidungen hatte nichts in den Händen, noch nicht einmal eine Geburtsurkunde. Es dauerte Wochen, bis sie alles zusammenhatte.

Im April 1989 begann endlich der Prozess gegen Heidi und Ekke wegen der Sache in Heinis Kneipe. Ekke galt auch weiterhin als nur bedingt verhandlungsfähig. So wurden die täglichen Verhandlungen auf zwei Stunden beschränkt. Heidis Bitte, nicht öffentlich aussagen zu müssen, kam man nach.

Eckehard Lehmann wurde direkt aus der UHA in den Gerichtsaal gebracht. Anwesend waren der vorsitzende Richter, zwei Beisitzer, zwei Schöffen, der Staatsanwalt, die Protokollführerin, die Rechtsanwälte, ein Gutachter, ein Prozessbeobachter der Polizei, einige Zuschauer und die Tagespresse. Er wechselte einen Blick mit Heidi.

Die Darstellung des Staatsanwaltes war eine üble Hetzrede. Ekke schien es, als ginge es ihm nur noch um die Höhe der Strafe. Er musste sich gewaltig zusammennehmen, um nicht laut loszubrüllen oder dem Burschen das Maul zu stopfen. Niemand hatte sich die Mühe gemacht, eine Gegendarstellung einzuholen.

Dann verlas der Staatsanwalt zu guter Letzt noch seine sämtlichen Vorstrafen, auch ein Urteil von 1977, mit dem er die Brutalität des Angeklagten verdeutlichen wollte. Damit war der erste Verhandlungstag zu Ende. Ekkes Nerven sollten aber noch einiges aushalten müssen.

Die Aussage der Kellnerin war unmissverständlich: Ekke habe sie an den Haaren gerissen wegen eines dubiosen Geldumschlags. Heidi habe eine kleine grüne Karte vorgezeigt. Den Kiffer habe Ekke so lange geschlagen, bis der aus Nase und Mund geblutet habe.

Der Kiffer verweigerte die Aussage. Er sagte lediglich, dass er von Heini, dem Wirt, unter Druck gesetzt worden war. Von alleine hätte er niemals eine polizeiliche Aussage gemacht. Alle weiteren Fragen des Gerichts beantwortete er nicht. Er wurde in Beugehaft genommen.

Ekke glaubte nicht mehr an eine gute Wendung. Im Knast würde der Kiffer schon mürbe werden: No dope, no hope. Es dauerte nur sechs Tage, bis er wieder vorgeladen wurde. Und, oh wundersame Heilung, er erinnerte sich, dass er von Ekke verhauen worden war, weil er sich eingeschissen hatte. Nein, an einen Geldumschlag konnte er sich nicht mehr erinnern. Ja, Lehmann habe ihm diesen kleinen weißen Kinderdetektivausweis gezeigt, den sie ihm hier vorlegten. Man entließ ihn aus der Beugehaft.

Der nächste Zeuge erzählte, dass ihm Heini Geld gegeben hätte, damit er mit dem Taxi zur Polizei wegen der Aussage fahren könne. Einen Dienstausweis hatte er selbst nicht gesehen. Aber die Pistole in Heidis Handtasche, die hatte er gesehen. Es folgten weitere Aussagen. Nicht einer war aus eigener Initiative zur Polizei gegangen. Alle waren von Heini geschickt worden.

Heini war der Einzige, der die Geschichte zur Anzeige gebracht hatte, obwohl er selbst nicht dabei gewesen war. Gab es etwa einen Deal zwischen ihm und der Polizei? Vielleicht steckte er in Schwierigkeiten.

Die Aussagen wurden immer wirrer, einige Zeugen erschienen betrunken. Es war eine Farce. Nichts passte zusammen. Dann holte das Gericht auch noch einige Bauarbeiter aus Westdeutschland, die damals in Berlin auf Montage gewesen waren und das Lokal besucht hatten. Die allerdings erinnerten sich nur an eine übliche Kneipenrangelei.

Nur einer von 25 Zeugen, der Zapfer aus der „Leuchte", sagte aus, was das Gericht hören wollte. Es schien niemanden zu stören, dass er sechs Monate vorher etwas ganz anderes erzählt und den Prozess die ganze Zeit über im Gerichtssaal verfolgt hatte.

Ekke verfolgte die Sache wie ein Außenstehender. Immer wieder schaute er zu Heidi. Hauptsache, für sie kam es nicht so dicke. Die Verteidigung erreichte für Ekke in internen Verhandlungen eine Strafe von 48 Monaten. Heidi bekam eine Geldstrafe von 3300 Mark. Er hielt sich an seine Liebe zu Heidi und schluckte zum ersten Mal in seinem Leben einen Brocken runter.

Vier Jahre waren eine lange Zeit. Würde ihre Liebe das aushalten? Sie schmiedeten allen Unkenrufen zum Trotz Hochzeitspläne. Einen Monat nach Prozessende heirateten sie im Knast. Der karge Raum war trist, aber für Ekke und Heidi war es ein Festsaal. Die Standesbeamtin vollzog die Trauung, sie tauschten die Ringe und gaben sich den ersten Kuss als Ehepaar. Ekke war glücklich. Jetzt mit 43 hatte es den Anschein, dass er sich von den Schatten der Vergangenheit lösen könnte.

Die Presse hatte natürlich von der Hochzeit des Ausbrecherkönigs und der Polizistin Wind bekommen. Das war natürlich der Hammer. Gemeinsam mit dem Sozialarbeiter war es Heidi gelungen, einen Exklusivvertrag mit einer Zeitung abzuschließen. Damit war Heidi die Geldsorgen erst mal los. Einer der Justizbeamten machte mit der anstaltseigenen Sofortbildkamera ein paar Aufnahmen von der Trauung. Sicherlich die ersten erfreulichen Bilder, die diese Linse sah. Als Heidi ihren Mann nach gut einer Stunde verlassen musste, lief sie in ein wahres Blitzlichtgewitter hinein.

Es folgte die Monotonie aller Knastehen. Der Ehemann verbrachte viel Zeit damit, sich ein Wunschbild von seiner Frau zu malen. Und die Ehefrau versuchte bei ihren kurzen Besuchen diesem Bild gerecht zu werden und ihn im Glauben zu lassen, dass er auch im Gefängnis noch eine Stütze für sie sei. Ekke hatte außerdem das Problem, dass er in einer ungeklärten Haftsituation war. Einige Fälle waren noch nicht abgeurteilt. Er verbrachte immer noch rund 23 Stunden in seiner Zelle, bekam keine Arbeit, keine Sporterlaubnis. Noch immer erschien Heidi täglich im Park, um ihm mit Handzeichen ihre Unterstützung zu signalisieren. Die Besuchssituation verbesserte sich immerhin und der Briefverkehr wurde nicht mehr kontrolliert.

Die „SOKO Ekke Lehmann" war bestrebt, alles Mögliche hervorzukramen, um Ekke für längere Zeit aus dem Verkehr zu ziehen. Wahrscheinlich glaubte man, dass er zu gut davongekommen war. Außerdem lag den Behörden seine Heirat mit einer Polizistin quer im Hals.

Zechprellerei, Waffenbesitz, Nötigung, Körperverletzung kamen jetzt ins Gerede. Ein Fund für die Schmiere war eine seiner Exfreundinnen, die ihn schon einmal angezeigt hatte. Sie redete sich die Seele frei, ohne zwischen Wahrheit und Lüge zu unterscheiden.

Zeugenaussagen von 1986 wurden wieder hervorgeholt: ein Raubüberfall auf einen Schwulen, mitten in einem Lokal verübt. So blöde wäre Ekke nie gewesen. Es war ein Streit gewesen. Der Typ wollte einer Freundin und Ekke beim Vögeln zusehen. Die Frau reagierte aggressiv: „Schlag ihm die Schnauze ein, Ekke!" Der beließ es bei einem Magenhaken, der den Popieker auf die Bretter schickte. Die Torte allerdings verlangte, dass er für die Ungeheuerlichkeit einen Obolus zu entrichten habe. Der hatte nichts dabei. Daraufhin nahm sie ihm seinen Schmuck ab: eine Uhr und einen Ohrstecker.

In ihren Aussagen waren sich der Warme und die Dame dann wieder einig. Dass die Frau ihm gedroht habe, seine Neigung öffentlich zu machen, wenn er sie beschuldigen würde – er hatte Frau und Familie –, blieb ein Gerücht, wenn auch ein sehr nahe liegendes.

Ekke und seine Frau durften Akteneinsicht nehmen und erfuhren einiges über seine Bekannten: Lügner, Schleimscheißer, Ratten. Jede Schubserei, jede Tätschelei war zu Körperverletzung oder Vergewaltigung geworden. Heidi litt unter den Anschuldigungen, wusste sie doch nur zu gut, was das alles bedeuten konnte. Sie versuchte zu retten, was zu retten war, und nahm sich den warmen Bruder vor.

Als sie bei ihm klingelte, öffnete eine Herr mit Brille.

„Sind Sie Herr Schelde? Ich bin Heidi Lehmann, die Ehefrau von Ekke Lehmann. Dürfte ich Sie etwas fragen?"

„Lehmann? Kenne ich nicht."

„Sie kennen Ekke Lehmann nicht, der Sie niedergeschlagen hat? Den Sie beschuldigt haben, Sie ausgeraubt zu haben?"

Der Mann wollte davon nichts hören, die Sache sei für ihn erledigt. Heidi belehrte ihn eines Besseren und sagte ihm, dass es vielleicht zur Verhandlung kommen würde. Sie bat ihn, sich bei der Gelegenheit doch bitte an die Wahrheit zu erinnern. Er verabschiedete sie schroff, im Hintergrund sah Heidi seine Frau.

Er rief bei der Polizei ein. Plötzlich war Heidi aggressiv gewesen. Scheldes Frau leide seitdem an Schlafstörungen. Er bat um Polizeischutz. Der Leiter der „SOKO Ekke Lehmann" erkannte sofort die Chance. Hier konnte er bestimmt das Motiv der Zeugenbeeinflussung ableiten. Und sie fanden noch mehr, das sie gegen Heidi ins Feld führen konnten.

Gegen neun Uhr abends klingelte es. Heidi öffnete und starrte in drei Pistolen des Sondereinsatzkommandos. Begleitet wurden die Herren von mehreren Beamten in Zivil und Uniform. Sie sei verhaftet, es bestehe ein Verdacht auf Anstiftung zur Falschaussage.

Mit einer Genugtuung sondergleichen spulte man das gesamte Programm ab: „Frau Lehmann, das haben Sie sich doch selbst eingebrockt. Einen Haftbefehl brauchen wir nicht, wie Sie ja selbst gelernt haben. Frau Lehmann, haben Sie getrunken? Frau Lehmann, welche Jacke ziehen Sie an? Frau Lehmann, bitte schließen Sie das Fenster. Frau Lehmann, wir müssen Sie durchsuchen."

Einer der Beamten wollte sie fesseln. Sie schob seinen Arm weg und fauchte, was das denn für unfeine Methoden seien. Daraufhin stürzten sich die Männer auf sie.

Heidi saß in der Gefangenensammelstelle der Polizei ein. Die Männer des SEK verfassten einen Bericht über die Verhaftung der „gewalttätigen" Frau Lehmann, die geschlagen, getreten und gebissen haben sollte. Heidi war fassungslos. Und zu denen hatte sie gehört. Sie rief ihren Anwalt an. Ohne den Haftrichter zu sehen, wurde sie schon wenige Stunden später entlassen. Der Haftgrund hatte sich als unbegründet erwiesen.

Ekke hatte einige Stunden zuvor von der Sache Wind bekommen.

„Lehmann, kommen Sie mal mit zum Sozialarbeiter, da liegt ein Telex für Sie!" Er las. Es brauste in seinem Kopf: Seine Heidi in Haft? Was sollte er tun? Ekkes Augen verengten sich. Herr Schreier, sein Sozialarbeiter, telefonierte für ihn. Für 15 Uhr war der Hafttermin anberaumt, bis dahin könne man nichts Genaueres in Erfahrung bringen. Ekke musste zurück in die Zelle. Die nächsten Stunden waren die Hölle für ihn. Was, wenn seine Heidi nie mehr vom Park aus zu ihm hochwinken würde? Dennoch stellte er sich auch an diesem Tag lange vor der Zeit auf den

Stuhl, klammerte sich ans Fenster und sah hinaus. Und um ein Uhr mittags fiel ihm ein Stein vom Herzen. Übermütig sprang seine Heidi hin und her, wedelte heftig mit ihrem Halstuch.

Nun schon ein Jahr vergangen, und Ekke war immer noch Untersuchungshäftling. Die Maschinerie der Verblödung arbeitete tagtäglich. Ekkes Anwalt gab sein Bestes, aber solange ermittelt wurde, hatte er keine Chance. Zum Glück wechselten aber die Staatsanwälte halbjährlich und endlich kam einer an die Reihe, der Ekkes Fall nüchtern betrachtete. Die Hälfte aller Anklagen wurde fallen gelassen, die „Sonderkommission Ekke Lehmann" aufgelöst, Haftbefehle und Sicherheitsverfügungen gestrichen. Den Rest der Anklagen wollte man pro forma abwickeln. Ekke sollte sich schuldig bekennen. Und unter dem Einfluss seiner Frau ließ er sich tatsächlich auf dieses Angebot ein. Seine Strafe wurde von vier auf nur viereinhalb Jahre erhöht. Das war im August 1990.

Nun war er wieder Strafhäftling. Die Sprechstunden wurden wieder gemeinsam mit anderen Inhaftierten abgehalten. Ekke bekam Arbeit in der Hauskammer. Hier wurden die Neuzugänge abgefertigt und eingekleidet. Sieben Mark verdiente er am Tag. Man zahlte Sozialbeiträge für ihn und er wurde beim Arbeitsamt geführt. In seiner Freizeit bastelte er an seinen Schiffsmodellen.

Die Tage wurden kürzer. Seine Hoffnung, dass er zu Weihnachten 1990 Urlaub bekommen würde, erfüllte sich nicht. So feierte Ekke seinen 24. Baum im Bau. Die restlichen 26 Monate würde er auch noch schaffen.

Die Legende

Ekke fühlte sich wie ein Dinosaurier im Knast. Er hatte seine Zeit überlebt. Die Belegschaft war überwiegend mies. „Lampenbauer" gab es wie Sand am Meer. Für einen Sonderurlaub war so mancher dazu bereit, einen anderen zu verraten. Dafür verstand sich Ekke jetzt mit den Beamten umso besser. Die Anstaltsleiterin bewilligte ihm schon bald einen Ausgang, obwohl sie damit ihren Job riskierte – denn beim Ausbrecherkönig konnte man nie wissen.

Ekke trat frühmorgens im Juni 1991 aus der Haftanstalt auf die Straße. Wieder einmal überkam ihn der Rausch der Freiheit. Er schloss die Augen. Heidi kämpfte mit den Tränen, als sie ihren Mann sah. Zweieinhalb Jahre war es her, dass sie sich umarmt hatten. 30 Monate keine Unterhaltung ohne Aufsicht.

Seine Verwandten waren älter geworden. Entbehrung und täglicher Lebenskampf hatte sich tief in die Gesichter gegraben. Die Kleinen von früher waren groß geworden. Wirre Gedanken gingen ihm durch den Kopf. Wie sollte er mit all diesen Veränderungen klarkommen?

Immer wieder schaute er auf die Uhr, immer wieder erinnerte er Heidi daran, dass er sein Wort halten müsse. Fast schien es, dass er das Ende des Ausgangs herbeisehnte. Hatte er Angst, schwach zu werden? Viel zu früh fuhren sie los. Noch ein paar Bier und dann stand er wieder vor der Anstaltstür und klingelte.

Er war freiwillig ins Gefängnis zurückgekehrt. Wie viele Wetten wohl an diesem Abend verloren wurden? Zum ersten Mal wurde ihm eine positive Vollzugsentwicklung bescheinigt.

Er kam in die Erprobungsphase für den Freigang. Nur noch zum Schlafen in den Knast zu müssen und draußen einer geregelten Arbeit nachgehen zu können erschien doch wirklich erstrebenswert. Dann kam der Tag: Ekke wurde zum Freigang verlegt. Wollte er das wirklich? Sollte er diesen Vollzug anerkennen? War er denn noch ein Kerl, wenn er zurückkam, ohne dass er gezwungen wurde? Würden sie triumphieren? Lehmann ist gebrochen, Lehmann ist zu Kreuze gekrochen, Lehmann ist geläutert!

Verdammt wollte er sein, wenn er nicht stets einen Kampf gegen das Unrecht geführt hatte. Er hatte immer richtig gehandelt. Er wollte kein Vorzeigegefangener sein. Heidi schoss ihm durch den Kopf, die Anstaltsleiterin, seine Sozialarbeiterin. Sie wollten nur sein Bestes. Er krampfte sich zusammen. Er beschloss, die Last zu tragen, solange es ging.

Ekke war in der Anstalt Plötzensee. Verloren sah er sich um. Seine Zelle war nicht mehr verschlossen. Niemand fragte ihn, wo er hinging. Duschen war jederzeit möglich. Münzfernsprecher hingen zur Benutzung aus. Getränkeautomaten standen zur freien Verfügung. Er wartete auf Schlüsselgeklapper, auf Anweisungen, Befehle. Nichts geschah. Die meisten Mitgefangenen waren draußen und gingen ihrer Arbeit nach. Vorsichtig trat er auf dem Hof. Kein Anruf stoppte ihn. Ekke war hilflos. Der Grizzly war tot, der Tanzbär lebte. Nachdenklich ging der Lange in seinen Haftraum zurück. Die Sozialarbeiterin, die ihn jetzt betreute, erwartete Dankbarkeit für die Gnade des Freigangs. Und der unsägliche Ausspruch: „Sie können ja zurück in den geschlossenen Vollzug, wenn Ihnen das nicht gefällt!", stand im Raum. Das würde Lehmann niemals akzeptieren.

Er forderte die Verantwortlichen auf, ihm eine ordentliche Perspektive für die Zeit danach zu bieten. Er brauchte einen beruflichen Start, sonst würde er über kurz oder lang am Bahnhof Zoo landen. Die Maurerlehre in seiner Jugend war erfolglos geblieben, da er wegen Fluchtgefahr nicht zur Gesellenprüfung zugelassen worden war. Seine Automechanikerlehre war ähnlich gescheitert. Die Meister aller Betriebe im Knast lehnten ihn ab. Seine Anwesenheit würde nur Unruhe stiften. Schließlich landete er beim Hofkommando. Laubharken und Rasensprengen trugen nicht gerade dazu bei, seine Stimmung zu verbessern. Verzweifelt stürzte sich Ekke auf jede Möglichkeit, die der offene Vollzug ihm bot: Tagesausgänge, Besuchszeiten, Therapien. Zweimal in der Woche ging er schwimmen.

Ekke quälte sich. Er wollte sich diesem System nicht unterwerfen. Er konnte sich nicht beugen. Dieser Vollzug erschien ihm fast wie eine Vergewaltigung seiner selbst. Er trank. Immer häufiger tauschte er die Kneipe gegen die Gesellschaft seiner Frau ein. Langsam begann Heidi zu ahnen, was in ihm vorging. Sie dachte mit Schaudern an die Zeit zurück, als sie getrennt gewesen waren. Würde sie das noch mal durchstehen? Ekke riskierte seinen Vollzug mit jedem Gelage. Sein Zustand verschlechterte sich: Er bekam Magenkrämpfe, litt unter Kurzatmigkeit. Er fing an, seine Frau zu beschuldigen, an allem die Schuld zu tragen. Er traf andere Frauen, benutzte Heidi nur noch als Chauffeur.

Als Heidi ihn eines Tages zur Anstalt zurückfuhr, war es wieder so weit. Kurz bevor sie das Tor erreicht hatten, befahl er ihr, dass sie umdrehen solle. Er werde später in die Notaufnahme gehen wegen seiner Magenschmerzen. Mit der Bescheinigung vom Arzt wäre er in der Anstalt entschuldigt. Heidi hatte ein Scheißgefühl.

Ekke redete sich in einen Wahn. Plötzlich erkannte er aber, was passiert war. Er wusste, dass er nicht einfach so in die Anstalt zurückkehren konnte, da er den Tagesausgang missbraucht hatte. Darauf stand die Rückkehr in den geschlossenen Vollzug. Per Anwalt bemühte er sich um eine gütliche Einigung mit der Anstaltsleitung. Keine Chance. Die Fahndung nach ihm wurde eingeleitet.

Da war sie wieder, die Herausforderung zum Kampf. Er schickte Heidi los, ein Zelt zu besorgen, Proviant – alles, was man zum Überleben in der freien Natur brauchte. Das Paar setzte sich nach Schleswig-Holstein ab. Sie nächtigten im Zelt. Hier in Deutschland wollten sie niemanden belasten. Ekke schwor auf Dänemark.

Nahe Harrislee legten sie einen Stopp ein. Zusammen konnten sie den Grenzübertritt nicht machen. Ekke musste bei Nacht über die grüne Grenze, Heidi hingegen konnte den Übergang „Kupfermühle" mit dem Auto passieren. Sie fuhren näher an die Grenze heran. Auf dänischer Seite sahen sie einen Kirchturm, dort wollten sie sich treffen. Ekke spazierte gemütlich nach Dänemark. Heidi kam mit dem Wagen nach. Ekke sprang hinein und ab ging die Fahrt nach Norden.

Sie fuhren zu Ekkes Kumpel Lars nach Thisted. Er bewohnte dort eine Art Bauernhaus. Die beiden Flüchtenden parkten den Wagen. Sie waren erst mal gelandet. Tausend Kilometer von Berlin weg. Niemand würde sie hier vermuten.

Ein stabiler Mann öffnete ihnen die Tür. Freude machte sich in dem faltigen Gesicht breit, als Lars Ekke erkannte. Lars sprach langsam und wenig, ein typischer Einsiedler. Vor Jahren hatte Ekke ihm mal aus der Klemme geholfen, als Lars von einer Rockerbande terrorisiert worden war. Ekke hatte den Typen in seiner unnachahmlichen Art die Meinung gegeigt. Nie mehr war Lars noch von diesem Club belästigt worden. Seitdem hatte Ekke bei ihm einen Stein im Brett.

Lars richtete ihnen ein Zimmer her. Hier konnten sie erst mal bleiben.

Ekke bastelte an ihrem Wagen, einem R4, herum. Sie wollten die Karre abstoßen und von dem Geld einen Campingbus kaufen. Sie konnten ja nicht ewig bei Lars bleiben. Er schraubte, ölte und strich das Auto neu und schickte Heidi nach Berlin. Sie hielt nur zum Tanken und war schon nach zwölf Stunden dort. Dann klapperte sie diverse Banken ab, um einen Kredit zu bekommen. Nach Tagen bekam sie auf ihre Gehaltsabrechnung 10.000 Mark. In den Annoncen suchte sie einen Campingbus, aber die Preise waren astronomisch hoch. Den R4 wurde sie auch nicht los. Ekke war sauer. Wenn schon kein Wohnmobil, dann wenigstens einen großen Kombi. Sie wurde fündig und kaufte einen alten Opel Rekord, der aber so weit in Ordnung war. Sie konnte auch eine spätere Ummeldung vereinbaren. Ihre Schwägerin bat sie, den R4 zu verkaufen.

Am nächsten Abend war sie wieder bei Ekke. Er hatte schon von weitem den Opelmotor erkannt, sein Zorn war verflogen, er empfing sie mit offenen Armen.

Lars hatte Geburtstag. Sie bereitete einen Kuchen mit Kerzen vor. Ekke, Lars und sein Nachbar Ole, ein Bauer, wollten mal wieder ordentlich einen heben. Heidi ließ sie allein und ging schwimmen. Lars legte seine Haschpfeife bereit. Auch für Ekke war es ein Feiertag, denn Lars hatte ihm einen gefälschten Reisepass besorgt. Er lag vor ihm auf dem Tisch, daneben seine Brieftasche mit dem Geld, das Heidi aus Berlin mitgebracht hatte.

Die Tür wurde aufgestoßen. Zwei Beamte von der dänischen Kripo. Lars schaffte es gerade noch, seine Pfeife unter dem Tisch verschwinden zu lassen. Ekke weckte ihr Interesse, die beiden anderen Jungs kannten sie ja. Der eine etwas bullige Beamte griff nach dem Reisepass, während Lars ihnen erzählte, dass Ekke zu Besuch sei. Der Pass hielt der Kontrolle stand, trotzdem ließ der Bulle Ekke nicht aus den Augen. Im Gehen stieß der andere Beamte an die Pfeife. Während der folgenden Diskussion griff sich der stämmige Typ wieder den Reisepass, um ihn über Funk überprüfen zu lassen.

Jetzt war es zwölf. Die Brieftasche konnte Ekke nicht mitnehmen, das wäre zu auffällig gewesen. Er gähnte, stand langsam auf und ging auf die Toilette. Ein Beamter folgte ihm und wartete vor der Tür. Mit einer Hechtrolle sprang Ekke durchs Fenster. Er hetzte über Felder. Bis zur Dämmerung versteckte er sich in einem Graben, dann ging er weiter. Er fror. Unterwegs fand er einen Altkleidersack, in dem ein alter Mantel lag. Er wärmte, und außerdem würde man ihn so nicht sofort erkennen.

Gleich zu Beginn ihres Dänemarkabenteuers hatte er mit Heidi einen Treffpunkt vereinbart, falls sie getrennt werden sollten: ein Fjord, in dem Heidi oft schwimmen ging – auch heute war er dort. Die Bullen suchten die Gegend mit Feldstechern ab, Polizeifahrzeuge fuhren hektisch hin und her zwischen dem Dorf und dem Bauernhof. Er war beinahe glücklich. „Jawoll, ihr Wichser, ich bin wieder da!" Ekke schlug einen Kreis und kam um den Bauernhof herum zum Fjord. Er wartete. Vielleicht gelang es ihm, Heidi abzufangen.

Sie wurde aber bereits kontrolliert – auf dem Parkplatz am Fjord. Sie versuchte noch, die Unbeteiligte zu spielen, als sie sah, dass Polizisten an ihrem Opel standen. Aber es half nichts. Sie widersetzte sich nicht, als man sie auf die Polizeistation bat. Sie war nicht festgenommen, sondern sollte nur Auskunft erteilen. Der bullige Beamte erschien nach endloser Zeit. Heidi versuchte es mit einer abenteuerlichen Geschichte. Sie benutzte ihren Mädchennamen. Sie hätte diesen Thomas Klaasen – der falsche Name im Ekkes Pass – erst in Dänemark kennen gelernt. Sie mache bei Lars Urlaub, den sie schon länger kenne. Vielleicht sei Thomas geflohen, weil er ein schlechtes Gewissen wegen irgendeiner Schlägerei gehabt habe.

Das alles kam dem Kripobeamten seltsam vor. Auch das viele Gepäck der jungen Frau schürte sein Misstrauen. Er checkte ihre Personalien und hatte sie blitzschnell am Computer identifiziert. Nein, sie wurde nicht gesucht, aber sie galt als Mittäterin in einem Fall von räuberischer Erpressung. Die 5000 Mark, die der Bulle aus dem Bauernhof mitgenommen hatte, wurden natürlich erst mal beschlagnahmt.

Ekke würde jetzt schon in der Badebucht liegen und auf sie warten. Man hielt diesen Thomas für einen Dealer. Eine Hundestaffel war bereits angefordert, um ihn aufzuspüren. Heidi aber musste in ihrem Opel hinter den Beamten zu Lars' Bauernhof zurückfahren. Auf der Farm wimmelte es von Polizei. Ihr Hab und Gut war auf dem Boden verteilt, die Medikamente wurden durchleuchtet. Nichts war mehr wie vorher. Alles musste sie erklären. Die Bilder, auf denen sie mit Thomas alias Ekke zusehen war, waren aber zum Glück alle in Dänemark aufgenommen worden.

Gegen Mitternacht war sie endlich allein. Die Hunde würden erst am nächsten Tag eintreffen. Lars kramte sein letztes Geld zusammen, ein paar warme Sachen, Proviant, Zigaretten, Taschenlampe, Funkgerät, dann schwang Heidi sich auf ihr Fahrrad und fuhr ohne Licht zur Badestelle. Ekke war nicht zu sehen, aber das war normal. Sie stellte die Mitbringsel ab und wollte gehen. Da kam er ihr entgegen, wie ein Kriegsheimkehrer: Wirres Haar, der olle Mantel, der Kragen hochgeschlagen. Sie drückten sich in die Büsche, aßen und palaverten, wie es denn nun weitergehen würde. Dass er sich in Deutschland stellte, kam für ihn natürlich nicht in Frage.

Er entschied sich für einen Schober auf dem Grundstück von Ole. Heidi schlief in ihrem Zimmer bei Lars. Am nächsten Tag ging sie mit Ekkes Erlaubnis zur Polizei und gab seine wahre Identität bekannt. Sie hoffte, als Ehefrau an das Geld zu kommen. Aber der Beamte weigerte sich, ihr die 5000 Mark auszuhändigen.

Mittags traf die Hundestaffel ein. Noch einmal Durchsuchung. War Ekke noch bei Ole? Ole kam rüber, verwundert über den Auflauf. Nebenbei steckte er ihr eine Nachricht zu: Ekke erwarte sie an der Badestelle um 14 Uhr. An der Badestelle war aber kein Ekke zu sehen, dafür kamen ihr vier Polizisten entgegen. Einer brüllte, er würde sie ausweisen, wenn sie nicht den Aufenthaltsort ihres Mannes preisgeben würde. Patzig wies sie ihn darauf hin, dass das mit der Ausweisung wohl nicht ganz so einfach wäre und ihr das Geld auch noch nicht ausgehändigt worden sei.

Heidi hatte einen Schweißausbruch nach dem anderen. Jeden Augenblick würde Ekke entdeckt werden. Jede Sekunde erwartete sie die Meldung des Hundes. Nichts passierte. Ekke war gar nicht gekommen. Vom Schober aus hatte er alles mit einem Fernglas gesehen. Auch dass Heidi verfolgt worden war. Heidi packte inzwischen wieder ihre Sachen zusammen. Hier konnte sie kaum noch bleiben. Ob die Bullen wieder auftauchen würden? Aber alles war frei. Sie schielte zu Oles Hof hinüber und sah die Umrisse von Ekkes Gestalt. Dann rannte sie los. Sie fiel ihm in die Arme.

Ole würde Ekke in die Nähe der dänisch-deutschen Grenze bringen. Heidi sollte alleine mit dem Auto fahren und ihn in Deutschland treffen. Es regnete stark, als Ekke sich von Ole verabschiedete. Das Gelände rund um die grüne Grenze war unwegsam. Um Mitternacht sollte er Heidi in Deutschland treffen, er musste sich beeilen.

Heidi war erst erleichtert, als die Lichter von Krusa auftauchten. Noch eine halbe Stunde bis Mitternacht. Sie würde es schaffen. Der Grenzer fertigte sie ohne Interesse ab. Sie war wieder in Deutschland. 20 Minuten vor der Zeit war sie am Treffpunkt, einem Parkplatz. Ekke kam nicht. Sie fuhr ihm entgegen, aber sie fand ihn nicht. Vielleicht war er einen anderen Weg gegangen, also fuhr sie zurück zum Parkplatz.

Ekke fluchte über den immer stärkeren Regen. Endlich erreichte er die Weggabelung, an der sie verabredet waren. Endlich wieder in Deutschland! Eine halbe Stunde wartete er. Dann musste er sich bewegen, sonst wäre er umgefallen, halb erfroren, halb ersoffen. Die Dunkelheit und der Regen erschwerten ihm die Sicht. Er irrte umher.

Heidi kauerte unterdessen im Fond des Opel. In der Früh ging sie zum Supermarkt am Parkplatz und holte sich Frühstück.

Ekke dämmerte, dass Heidi vielleicht doch auf diesem Grenzparkplatz wartete, über den sie gesprochen hatten. Der Regen hatte aufgehört und er konnte sich wieder orientieren. Also marschierte er los. Nach ein paar Metern kam ihm ein Zollbus entgegen. Ekke lief es heiß den Rücken herunter. Seinen Ausweis habe er im Auto, bei seiner Schwägerin, erklärte Ekke. Er erzählte von seinem bevorstehenden Urlaub in Dänemark. Seine Schwägerin wollte nur noch was in Flensburg erledigen, ihn aber um elf Uhr auf einem Parkplatz wieder abholen. Die Beamten begleiteten ihn. Ekke hoffte inständig, dass der gelbe Opel da sein würde. Die Personalien seines Bruders Frank hatte er im Kopf.

Heidi zuckte zusammen, als sie Ekke im Zollbus sah. Einer der Zöllner kam geradewegs auf sie zu. Sie überlegte, zauderte einige Augenblicke, und zum Glück erklärte der Zollbeamte sogleich: „Ihren Herrn Schwager haben wir an der Grenze aufgelesen, wir möchten nur noch kurz die Ausweispapiere sehen, weil Sie ja sonst nicht nach Dänemark einreisen können.“

Noch war nichts verloren. Sie bestätigte die Geschichte und begann, im Handschuhfach zu suchen. Dem Beamten dauerte es zu lange und er meinte, dass sie am Kontrollpunkt mehr Zeit hätten und er bei der Gelegenheit auch das Gepäck kontrollieren würde. Dort angekommen, überprüfte man zuerst Heidi, deren Papiere in Ordnung waren. Ekke gab die Personalien seines Bruders an und war froh, dass Heidi ihn konsequent Frank nannte. Sie war echt auf Zack. Der Ausweis tauchte nicht auf. Daraufhin mussten die Beamten den beiden die Einreise nach Dänemark verwehren. Es tat ihnen ehrlich Leid. Sie verabschiedeten sich herzlich. Das war knapp gewesen!

Auf deutschem Boden ergriff wieder die Unruhe von Ekke Besitz. Nein, nach Westdeutschland konnten sie nicht. Dort würden sie ihn sofort kriegen, lieber in die DDR. Die Lehmanns standen wieder einmal mit dem Rücken zur Wand. Das Geld ging ihnen aus. Heidi beauftragte ihren Berliner Anwalt, in Dänemark zu intervenieren – wegen der 5000 Mark, die dort unter Verschluss waren. Ekke selbst sprang über seinen Schatten, rief den leitenden Kommissar in Thisted an, und erzählte ihm alles, auch von seiner Gefängniskarriere in Skandinavien. Er fügte dem Schreiben des Rechtsanwalts eine Bestätigung bei, dass das Geld seiner Frau gehöre.

Nun mussten sie warten. Die Nächte im Auto, auf Parkplätzen und Feldwegen zerrten an Ekkes Nerven. Die ewige Herumkramerei zermürbte ihn. Jeden Abend musste der Mist so verteilt werden, dass man noch dazwischen schlafen konnte.

Sie beschlossen, nach Polen zu fahren. Dort würden sie ihre Lebenshaltungskosten massiv senken können. Es ging nach Zittau. Hier im Dreiländereck wollten sie es probieren. Sie observierten die Grenze. Es herrschte reger Verkehr. Ekke musste durchs Wasser, durch die Neiße. Die Verengung war hier höchstens sechs Meter breit. Das war doch zu schaffen.

Er krempelte die Hosenbeine hoch und sagte: „Ick mach nu rüber."

Heidi beeilte sich, zum Auto zu gelangen. Die Autoschlange war zum Glück nicht mehr so lang. Die deutsche Seite machte nicht viel Aufhebens. Die polnische Kontrolle fiel da schon pingeliger aus. Vorbereitet wie sie war, konnte sie aber die Fragen nach dem Wohin, Woher und Warum schnell beantworten. Dann wollte ein Zöllner plötzlich die grüne Versicherungskarte sehen. Ohne Karte keine Einreise. Die gab es hier aber nicht. Sie musste nach Görlitz. Lange Autoschlange, Auto einparken, durchfragen, Karte kaufen, zurück nach Zittau. Eineinhalb Stunden hatte sie verloren. Wieder an der Grenze, interessierte sich niemand mehr für die Karte.

Als sie endlich bei Ekke war, blaffte er sie erst mal an. Sie habe die Karre wohl geschoben. Aber er war froh, sie zu sehen. Sie fuhren los, ohne Plan. Erst als Ekke ihr auf den Arm schlug und „Zurück!" brüllte, sah sie den Schlagbaum und den Wachposten. Sie nahm das Gas weg, schaltete in den Rückwärtsgang, wendete und rollte langsam davon. Ihre Nerven lagen bloß. Bald hielten sie an und schliefen ein paar Stunden auf einem Parkplatz.

Im Hellen fanden sie den Wegweiser zu einem Dorf. Sie brauchten Zloty. Das polnische Schlitzohr, bei dem sie ihre Mark wechselten, machte ein gutes Geschäft. Danach gingen sie in ein Lokal. Es war erbärmlich. Der Kaffee war eine dünne Brühe und ihr üppiges Mahl bestand aus vertrocknetem Graubrot, einem gekochten Ei und ein bisschen Marmelade. Mit einer Landkarte schafften sie es endlich aus dem Dreiländereck raus. Sie landeten in Jelena Gora (Hirschberg). Die Stadt war grau, aber allemal besser als das, was sie vorher gesehen hatten. Sie nächtigten auf einem Campingplatz. Auch hier blieben sie nicht lange, die Luft war so schlecht, dass Heidi einen Dauerhusten bekam.

Ihre nächste Station war Waldenburg. Hier gab es ein richtiges Hallenbad, für Heidi, die schon fast eine manische Schwimmerin war, ein Grund zu bleiben. Lehmann machte sich Sorgen um ihren Opel. Der Motor tat es nicht mehr lange. In einem Dorf in der Nähe fand er endlich eine Werkstatt. Sein Gespräch mit dem Meister bekam ein gewisser Marek mit. Er witterte ein Geschäft und bot Ekke an, dass er und Heidi ein paar Tage bei ihm und seiner Familie wohnen könnten, bis der Opel wieder auf Vordermann gebracht war. Marek war ein wuseliger, kleiner Hektiker, der tausend Deals gleichzeitig am Laufen hatte: Brennstoff- und Textilhandel, Auslandsgeschäfte. Im Obergeschoss des verfallenen Hauses richtete ihnen seine Frau ein Zimmer her. Das Beste aber war, dass es einen Telefonanschluss gab. Das allein hieß hier noch nicht viel. Manchmal musste man vier Wochen auf ein Gespräch warten. Es funktionierte aber, und nach nur zwei Stunden konnten sie mit Ekkes Mutter telefonieren.

Eine Woche blieben sie bei Marek. Am Opel wurden die Ventile neu eingestellt und er erhielt einen neuen Anstrich, wenn auch dreifarbig, weil von einer Farbe nicht genug da war. Bevor sie sich auf den Weg nach Zgorzelec machten, schenkten sie Mareks Frau drei Goldringe, den Kindern Walkie-Talkies und Marek ein Diktiergerät.

Von Zgorzelec aus konnte Heidi zu Fuß nach Görlitz gehen und telefonieren. Das nahm reichlich Zeit in Anspruch, denn die Telefone waren ständig von Massen belagert. Ekke besoff sich jedes Mal, wenn sie drüben war, mit dem billigsten Wodka. Es war schlimm. Sie hausten auf einem heruntergekommenen Campingplatz. Heidi zweifelte manchmal an ihrem Verstand, wenn ihr bewusst wurde, was sie für ein Leben führten. Immerhin gab es im Ort ein Hallenbad.

Sie hatte die Führung übernommen, sie organisierte. Er hatte seine Rolle als Leitwolf verloren. Was blieb ihm? Er war auf sie angewiesen, auf ihr Gehaltskonto. Ekke ging den Bach runter. Sie fetzten und schlugen sich. Manchmal lief er einfach davon.

Sie mussten hier weg und fuhren nach Schwiebus in der Nähe von Frankfurt an der Oder. Der Wirt einer Piwobar bot ihnen ein Zimmer bei seiner Mutter an, für 200 Mark im Monat. Immerhin hätten sie ein geheiztes Zimmer mit Badbenutzung – der Winter stand vor der Tür. Schnell wurde man sich einig und die Lehmanns wohnten fortan in Schwiebus bei der alten Babscha.

Bei einem Telefonat nach Deutschland erfuhr Heidi endlich, dass ihr Geld aus Dänemark eingetroffen war. Zumindest war nun ihr Konto wieder ausgeglichen.

Weihnachten stand vor der Tür, und es wäre zu auffällig gewesen, wenn sie das Fest bei Fremden in Polen gefeiert hätten. Also machten sie sich wieder auf den Weg. Sie würden Weihnachten im Wald feiern, sich Äpfel grillen, einen Braten machen und Feuerzangenbowle trinken. Ekke freute sich riesig darauf: endlich mal wieder ein Heiligabend in Freiheit. Nach langer Zeit schien er endlich wieder glücklich zu sein. Heidi hoffte, dass das vielleicht ein Wendepunkt wäre. Vielleicht konnte er sich ja entschließen, freiwillig nach Deutschland zu gehen und seine Strafe abzusitzen. Sie ging auf die deutsche Seite, um einzukaufen. Als sie bepackt zurückkam, mit Grillkohle, Spießen und vielen Leckereien, traf sie der Schlag: Ekke hatte schon wieder gesoffen.

Er war bösartig und brach einen Streit vom Zaun. Heidi wollte nicht, dass er wieder weglief, und machte mit: Sie stritten und tranken zusammen. Es wurde eine Feier draus. Ekke erklärte ihr immer wieder seine Liebe, aber er hörte nicht auf, Fusel in sich hineinzukippen. Dann war er dicht. Er wankte und konnte sich kaum aufrecht halten. Heidi schleppte ihn zum Parkplatz, wo ihr Opel stand.

Schon von weitem sah Heidi, dass sich einige Leute an ihrem Wagen zu schaffen machten. Ekke brabbelte noch vor sich hin, als er den Kopf hob und die Männer sah. Mit einem Zornes-schrei torkelte er auf die Horde zu. Es waren zehn Männer im Alter zwischen 18 und 35 Jahren. Im ersten Schrecken stoben sie davon. Dann blieben sie unschlüssig stehen.

Ekke fluchte und beschimpfte sie und stieß unverhohlene Dro-hungen aus. Daraufhin zückten einige von ihnen Ketten und andere Schlaginstrumente. Darauf hatte Ekke nur gewartet. Er riss einen im Boden steckenden Pfahl von zwei Metern Länge heraus und schwang ihn über dem Kopf. Aber das war nicht mehr der Ekke von früher. Hier stand ein älterer Trunkenbold, der das Gleichgewicht zu verlieren drohte, wenn er so weiter-machte.

Die paar Typen, die noch unbewaffnet waren, nahmen sich ein Beispiel an Ekke und rissen ebenfalls Pfähle aus dem Boden. Heidi bewaffnete sich ebenfalls mit einer Stange und stellte sich neben ihren Mann. Sie ahnte, was passieren würde. Sie lieferten dem Mob einen beherzten Kampf. Heidi wurde an der Stirn getroffen, was sie aber nicht davon abhielt, Ekke die Seite frei zu halten.

Dann traf Ekke ein Hieb am Oberarm mit einer solchen Wucht, dass der Knochen glatt durchschlagen wurde.

Der Schmerz schien den Alkohol vertrieben zu haben. Er konnte seinen Arm nicht mehr bewegen. Er sah Heidi, die ihn verzweifelt schützte, und er begriff, dass er hier nichts mehr zu bestellen hatte. Sie würden ihn erschlagen und verscharren. Kein Hahn würde nach ihm krähen. Ekke schüttelte die letzte Betrunkenheit aus seinem Schädel und hieb um sich. Dann schrie er Heidi zu: „Hau ab, wir haben keine Chance, hau ab!"

Sie liefen um ihr Leben. Zwei Männer rannten hinter Heidi her, die restlichen acht verfolgten Ekke.

Einen Mann hatte Heidi schnell abgehängt. Sie blieb stehen. Als erfahrene Kampfsportlerin fürchtete sie einen einzelnen Geg-ner nicht. Der Pole war untersetzt und kräftig. Als er unkontrolliert angriff, konnte sie einen Fußtritt landen. Er klammerte sich an ihren Hals und zerrte sie hin und her. Zwei weitere Männer tauchten auf. Zum Glück rissen sie ihren Kollegen zurück. Was war passiert? Hatten sie Ekke erwischt?

Sie hatten wie verrückt auf Ekke eingeprügelt, bis er bewusstlos war. Ein besonders Besessener stieß ihm eine der Stangen in die Eier. Der Schmerz übertraf alles bisher Dagewesene. Mit weit aufgerissenen Augen sah er den Peiniger über sich. Ein junges Bübchen mit einem Pagenschnitt, aus dessen Mund Worte wie „Faschist", „Hitler" und „Scheißdeutscher" quollen. Alle anderen hatten sich zurückgezogen, nur dieser wollte nicht aufhören. Er stand über Ekke und schwang die Stange. Er erwartete den Schlag, der seinen Kopf wahrscheinlich zum Zerbersten bringen würde, als er Heidis Stimme hörte: „Halt! Aufhören!"

Der Pole ließ die Stange fallen, spuckte Ekke an und ging.

„Puppe, ich geh ein, hilf mir, es zerreißt mich!" Dann brach er blutüberströmt zusammen.

Die Polizei hatte zugesehen, ohne einzugreifen. Immerhin riefen sie jetzt die Ambulanz. Ekke kam wieder zu sich. Nein, er würde nicht in den Wagen steigen. Der Krankenwagen fuhr davon und Ekke brach wieder zusammen. Man rief ein Taxi, dasselbe Theater noch mal. Ekke stand wieder auf, er schrie und stöhnte, brach in die Knie und stand wieder auf. Es war eine Quälerei, ihm zuzusehen. Er wollte unbedingt aufrecht und zu Fuß ins Krankenhaus gehen.

Das tat er dann auch. Endlich im Krankenhaus angekommen, eskalierte die Situation. Die Notaufnahme wollte unbedingt zuerst seine Personalien und ihn erst dann behandeln. Ekke schrie und trat um sich. Dann ging er, ohne behandelt worden zu sein.

Mit dem Taxi fuhren sie zurück zu ihrem Wagen. Sie hätten genug zu tun gehabt, alles in Ordnung zu bringen, der Opel war aufgebrochen und durchwühlt. Die zerschlagene hintere rechte Scheibe musste notdürftig verkleidet werden. Aber ohne eine Bemerkung stapfte Ekke plötzlich los. Er wollte in die Kneipe, in die sich ein Teil des Schlägertrupps abgesetzt hatte. Er war nicht aufzuhalten, also folgte Heidi ihm.

Sie stand vor dem Laden, Ekke am Hintereingang. Als die Männer die Kneipe verließen, sahen sie Heidi und vermuteten ihren Mann in der Nähe. Also wieder rein in den Laden und hinten raus. Ekke hatte nur Kraft für einen der Gegner. Den aber traf seine ganze Wut. Die anderen liefen davon. Das war ein Schlussbild, mit dem er leben konnte.

Heidi schiente den Oberarm, so gut es ging, mit dem Einband ihres Reiseatlas. Lehmann litt Höllenqualen. Heidis Gesicht war geschwollen, das Genick verrenkt, ein Auge blau und ihre Rippen taten weh. Aber sie hatten gekämpft. Mehrmals fuhr die Polizei in der Nacht vorbei. Warum auch immer, man ließ sie in Ruhe.

Am nächsten Tag wurden sie wach und dachten beide dasselbe: „Heiligabend!" Ekke war übel vor Schmerzen. Heidi kontrollierte das Gepäck. Sie hatten zwei Lederjacken und eine Lederhose geklaut. Sonst war alles noch da.

Ekke wollte auf keinen Fall in ein Krankenhaus. Sie fuhren zu einem Campinghotel in Jelena Gora. Nun war doch noch Schnee gefallen. Ein wenig weihnachtliche Stimmung kam auf. Ekke ließ sich in einer Rote-Kreuz-Station immerhin einen Gipsverband geben. Sie feierten das Fest in aller Stille.

Nach den Feiertagen wurde die Scheibe des Opels notdürftig repariert. Ekke wollte alles wiedergutmachen und half Heidi ein wenig übereifrig. Sein Arm verheilte dadurch nicht, die Schmerzen blieben. Er brauchte Ruhe. Sie fuhren nach Schwiebus und quartierten sich wieder bei der alten Babscha ein.

Heidi musste nach Berlin. Einiges war zu regeln. Am 6. Januar 1992 stieg sie in den Frühzug. Noch lange dachte sie an Ekkes Abschiedsworte: „Denk dran, ohne dich bin ich nur eine Hälfte!"

Sie wollte in Berlin auch mit der Senatsverwaltung reden, ob man über Haftbedingungen verhandeln könnte, wenn Ekke als Selbststeller zurückkommen würde.

Ekke wusste genau, dass dieses Leben seiner Heidi irgendwann alle Kraft rauben würde. Zu ernst nahm sie, was passierte. Seine Reststrafe wollte er gerne im offenen Vollzug absitzen. Nur nicht wieder nach Tegel, dort würde ihn die Isolation erwarten. Das würde auch Heidi nicht wegstecken können.

Heidi rief bei der Verwaltung an. Als sie ihre Identität preisgab und ihr Anliegen vorbrachte, konnte sie die Überraschung am anderen Ende der Leitung hören. Der Beamte war sehr interessiert und hörte geduldig zu. Dann teilte er ihr mit, dass er nicht entscheiden könne. Aber er gab die Empfehlung ab, dass Ekke zurückkommen sollte. Sie möge doch noch mit dem zuständigen Anstaltsleiter sprechen. Garantien für den zukünftigen Vollzug könne er aber nicht abgeben.

Mit einem Kloß in der Kehle rief Heidi nun den Anstaltsleiter in Plötzensee an. Der war alles andere als gut auf Ekke zu sprechen und wollte zunächst gar nichts von dieser Idee wissen. Warum Ekke sich nicht selbst gemeldet habe?

Schließlich verhandelte er doch mit ihr. Drei Bedingungen hatte er: 1. Kein neues Strafverfahren dürfe anhängig sein. 2. Lehmann dürfe nicht drogenabhängig sein. 3. Er müsse die Hausordnung akzeptieren.

Die Grundvoraussetzung aber war, dass zum Zeitpunkt seiner Rückkehr auch eine Zelle frei sei. Lehmann solle schon mal in die Gänge kommen. Heidi war glücklich. Vielleicht war doch nicht alles verloren.

Sie hatte Angst, als sie zu Ekke nach Polen zurückkam. Wie würde er reagieren? Er holte sie am Bahnhof ab. Schweigend umarmten sie sich. Sie erzählte ihm von dem Telefonat. Er schob die Entscheidung auf. Ein Freund hatte ihm erzählt, dass es vielleicht einen Job in Hamburg für ihn gäbe. Das wollte er abwarten.

Im Januar erwischte sie der Winter in Schwiebus. Der See bei Wilkowo war zugefroren. Vielleicht auch die Neiße bei Zittau? Viele Möglichkeiten, über die wilde Grenze zu gelangen, hatten sie nicht.

Sie verließen Schwiebus und fuhren an die Neiße. Ihre Hoffnung wurde nicht erfüllt, der Fluss war nicht zugefroren. Ekke aber musste jetzt diesen Kampf annehmen, er konnte nicht noch mal zurück.

Das Wasser stand höher als bei seiner ersten Überquerung und der Gipsarm behinderte Ekke noch immer. Er umwickelte sich mit Plastiktüten, um etwas besser gegen die Nässe geschützt zu sein. Eine Metallstange würde ihm als Meßlatte dienen. Dann wartete er darauf, dass Heidi am anderen Ufer auftauchen und ihm ein Zeichen geben würde. Da, sie blinkte dreimal mit dem Feuerzeug. Also: alles klar.

Lehmann nahm die Stange in die gesunde Hand und betrat die glatten Steine. Er kam bis zur Flussmitte. Sein Plastikschutz löste sich, Wasser drang ein und es riss ihn in die eisigen Fluten. Verzweifelt versuchte er sich mit der Stange aus dem Wasser zu drücken, dabei kam der gebrochene Arm unter Wasser. Der Gips weichte auf, und der kaum verheilte Knochen brach erneut. Der Schmerz und die Eiseskälte machte ihn hilflos.

Ohne zu zögern sprang Heidi in die Fluten, in Thermoanzug und Springerstiefeln. Sie wurde sofort unter Wasser gezogen. Sie kam wieder hoch, kämpfte sich durch bis zu Ekke. Dem hatte der Wille seiner Frau neue Kraft gegeben. Er zog sich mit dem gesunden Arm an ihr hoch und drängte zur polnischen Seite.

„Zurück!", brüllte er.

Heidi aber wusste, dass dann alles vorbei sein würde. Einen erneuten Gang würden sie nicht schaffen. Das Auto und all ihre Habseligkeiten waren auf deutscher Seite. Ekke sah die Entschlossenheit in ihren Augen und er warf sich in die Fluten. Gemeinsam kämpften sie sich auf die deutsche Seite. Er bemühte sich, mit dem Kopf über Wasser zu bleiben, und so trieb er ans andere Ufer.

Heidi kletterte vor ihm aus dem Wasser und half ihm heraus. Ekke wuchs noch einmal über sich hinaus und zog sich Zentimeter für Zentimeter aus der Neiße.

Jetzt nur nicht noch erfrieren. Am Auto angelangt, sprangen sie klatschnass hinein und fuhren los, bis zum nächsten Parkplatz. Dort standen sie barfuß im Schnee und zogen sich trockene Kleidung an.

In Bautzen fanden sie ein Zimmer und krochen in die Federn. Ekke hustete die ganze Nacht, sein Arm schmerzte. Er musste sich erholen. Zurück in den Knast? Zurück nach Berlin? Er strich Heidi eine Locke aus der Stirn und schlief ein.

Nach vier Monaten war er also endlich wieder in Deutschland. Sie fuhren auf direktem Weg nach Berlin. Heidi wollte Ekke sofort zum Gefängnis fahren. Er wollte aber die Nacht bei ihr verbringen. „Was willst du denn jetzt?", entfuhr es ihr unwirsch.

Heidi lenkte den Wagen nach Kreuzberg. In der Heinrich-Heine-Straße stellten sie das Fahrzeug ab. In der Prinzessinnenstraße überholte sie ein Streifenwagen. Das Misstrauen hing förmlich in der Luft. Die beiden Flüchtlinge gingen in aller Ruhe weiter. Der Polizeiwagen fuhr im Schritttempo neben ihnen her. Ekke war kaum zu erkennen mit seiner Schildmütze und dem Vollbart.

Schweißgebadet erreichten sie ihre Wohnung. Zutritt verschafften sie sich über den seitlichen Kellereingang. Sie mussten jetzt sehr leise sein. Jedes Geräusch konnte die anderen Mieter misstrauisch machen.

Ekke genoss diesen letzten, unruhigen Schlaf bei seiner Heidi. Er würde hier frühstücken, sich frisch machen, seinen Anzug anziehen und mit seiner Frau zur Vollzugsanstalt fahren.

Noch einmal telefonierte Heidi mit der Anstalt, aber diesmal als Anwältin. Die wollte wissen, ob überhaupt eine Zelle frei sei. Man bestätigte, dass man einen Selbststeller nicht zurückweisen oder in eine andere Anstalt verlegen könne. Eine letzte Hürde galt es noch zu nehmen: Sie durften vor dem Knast nicht mehr auffallen oder verhaftet werden.

Heidi rief ein Taxi, das in einer Nebenstraße auf sie wartete. Sie fuhren los. Die Anstalt kam in Sicht.

Der Kuss, den er Heidi gab, bevor er ausstieg, war voller Dankbarkeit, Hoffnung und Vertrauen. Ausbrecherkönig Eckehard „Ekke" Lehmann im grauen Flanellanzug, gewaschen und gebügelt: freiwillig auf dem Weg ins Gefängnis.

Ein letztes Mal

Die Pforte schwang auf und der Hüne trat ein. Heidi wartete noch, ob sich die Tür wirklich hinter ihm schloss. Dann war es geschehen.

Es war vorbei. Von der nächsten Telefonzelle aus telefonierte sie mit Ekkes Familie, damit die nicht erst von der Polizei von seiner Rückkehr erfuhr.

Ekke sorgte erst hinter der Pforte für Erstaunen. Man erkannte ihn erst bei der Aufnahme der Personalien wieder. Der Vollbart, der gute Anzug, er war völlig verändert.

Er tauchte in den Vollzug ein. Benahm sich anständig, wurde versorgt, sah seine Frau und erhielt seinen alten Job auf der Kammer wieder. Zu seiner eigenen Sicherheit wollte er eigentlich auf den Status eines Freigängers verzichten. Aber schon nach einigen Wochen überlegte er es sich anders.

Die Nachbehandlung seines Arms im Moabiter Krankenhaus wurde zur Bewährung. Er weigerte sich standhaft, gefesselt zu werden. Er setzte sich durch und man ließ ihn mit zwei unbewaffneten Justizbediensteten ins Krankenhaus fahren.

Schon fünf Monate nach Eintritt in die JVA nahm der Strafgefangene Eckehard Lehmann wieder am offenen Vollzug teil. Und wieder zog er alle Register, war bald mehr draußen als drinnen. Nach der Erprobungsphase standen ihm drei Wochen Regelurlaub zu, die er selbst aufteilen konnte. Ekke nutzte ihn, wie viele andere Gefangenen, für mehrere Wochenenden. So hatte man, übers Jahr verteilt, mehr davon.

Ekke hatte noch zwölf Monate abzusitzen. Ein Gnadengesuch seiner Frau wurde abgelehnt. Er fing wieder an, über das Unrecht nachzudenken, das man ihm angetan hatte. Und er dachte an Dänemark, an seinen Kumpel Lars, dem er noch Geld schuldete. Er redete mit Heidi darüber. Einen Ausweis hatte er mittlerweile wieder. Es wäre doch eine Riesensache, wenn sie einen Teil seines Jahresurlaubs in Dänemark verbringen könnten und Lars einen Besuch abstatten würden. Kurz dachte er darüber nach, dass er Deutschland eigentlich nicht verlassen durfte. Egal, er hatte ja dahingehend nichts unterschreiben müssen.

In Dänemark war die Wiedersehensfreude groß. Am Morgen nach ihrer Ankunft fuhren mehrere Polizeiautos auf den Hof. Ekke wurde sofort als verhaftet erklärt. Sein Ausweis, seine Hafturlaubsbescheinigung, das zählte alles nicht. Den Gedanken, sich den Weg frei zu schlagen, verwarf Ekke wieder. Er hatte sich nichts vorzuwerfen. Man sperrte Ekke ein.

Sein Arm schmerzte wieder. Bei der Verhaftung hatten sie ihm die Arme auf den Rücken gedreht und gefesselt. Man ignorierte seinen Wunsch nach einem Arzt.

Ekke warf sich gegen die Tür und hämmerte mit den Fäusten dagegen. Das war im ganzen Gebäude zu hören. Einer der Beamten sprach mit Heidi. Sie klärte ihn darüber auf, dass Ekke höllische Schmerzen hatte und diesmal unschuldig hier einsaß. Der Mann wollte sich um einen Arzt kümmern und die Papiere noch einmal überprüfen. Es liege ja schließlich ein Fahndungsersuchen gegen einen Herrn Lehmann vor. Später stellte sich heraus, dass es sich dabei um einen Ewald Dieter Lehmann handelte.

Heidi wusste, was passieren könnte, wenn der Anstaltsleiter von Ekkes Ausflug hörte. Sollte er nicht einem Herzinfarkt erliegen, würden die angestrebten Vollzugmaßnahmen sicherlich widerrufen werden.

Sie rief bei der deutschen Botschaft an, aber es war Sonntag. Bis morgen müssten sie sich noch gedulden. Man verlegte Ekke in ein Gefängnis, in dem er medizinisch versorgt werden konnte.

Am nächsten Tag war die Sache geklärt, Ekke wurde entlassen und man entschuldigte sich bei ihm. Nachdem sie sich von Lars und Ole verabschiedet hatten, ging es in Richtung Berlin.

Erleichtert lächelte der Teilanstaltsleiter, als er Lehmann zwei Stunden vor Ablauf seines Regelurlaubs wieder im Knast begrüßen konnte. Sehr schnell wurde ein Formular aufgesetzt, in dem stand, dass Häftlinge während ihres Urlaubs nicht das Land verlassen dürfen. So etwas konnte man sich nicht noch einmal erlauben.

Von nun an ließ man Lehmann meist seinen Willen. Er bekam Werkzeug und chemische Lösungen gestattet, weil das kreative Verhalten der Gefangenen gefördert werden sollte.

Er bemängelte oft die unkorrekte Ausführung von Vorschriften. Er wies auf Disziplinlosigkeit hin, ebenso auf Verschmutzung. Die Sicherheit der Gefangenen sei nicht gewährleistet, befand er. Er machte darauf aufmerksam, dass bei den motorisierten Gefangenentransporten immer nur der Fahrer Zugang zu den

Gefangenen hatte und nicht auch der Begleiter. Wenn der Fahrer bei einem Unfall einmal ausfiele, konnte niemand die Gefangenen aus einer bedrohlichen Lage befreien. Außerdem fehlte ein Feuerlöscher im hinteren Wagenbereich. Man hatte das bis jetzt stillschweigend hingenommen.

Lehmann ließ sich mit lapidaren Erklärungen nicht abspeisen, sondern ritt hartnäckig auf dem Sicherheitsbedürfnis von Gefangenen herum. Die Folge: Extra für Lehmann wurde ein VW-Bus abgestellt, der die Fahrten im Verantwortungsbereich der Anstalt machen musste. Ekke wies auf den immensen Kostenfaktor hin. Daraufhin durfte er diese Strecken allein auf dem Mofa fahren. Er setzte fast alles durch.

Sein Aufenthalt war nicht mehr von langer Dauer, und so war man froh, wenn alles glatt ablief. Der Tag, an dem er endlich in die offene Anstalt nach Lichterfelde verlegt wurde, würde hier bestimmt ein Feiertag bleiben.

Ekke bekam über das Arbeitsamt einen Job als Friedhofsgärtner. Am Wochenende konnte er jetzt immer bei seiner Frau bleiben.

Er grinste. Er war doch noch als Sieger aus dem Kampf hervorgegangen; er würde seine Knastzeit zu Ende bringen und mit erhobenem Haupt auf die Straße treten können.

Aber sie würden ihm fünf Jahre Führungsaufsicht auferlegen. Bedeutete das denn wirklich Freiheit? Musste er sich das bieten lassen? Man würde alles wissen wollen: Wohnungswechsel, Arbeitsplatzwechsel, jede Auslandsfahrt würde er sich genehmigen lassen müssen. Geldstrafen und Haft bis zu einem Jahr drohten bei Verstößen. Ekke konnte sich nicht vorstellen, dass er sich irgendeinem Dödel unterwerfen würde. Er hatte seine viereinhalb Jahre schließlich ordentlich abgesessen.

Aber da war ja auch noch Heidi. Sie würde ihm helfen, das alles zu überstehen.

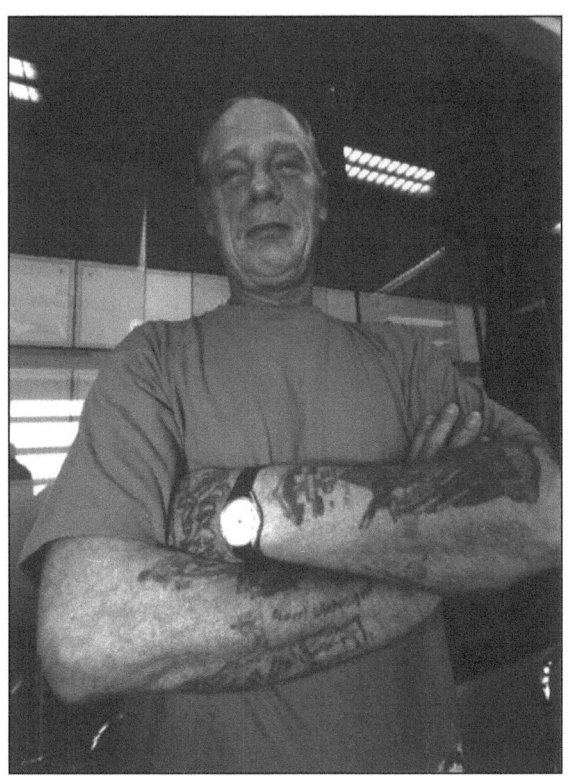

Eckehard Lehmann

Eckehard Lehmann, Lothar Berg

Weitere Titel der Edition B☮D

BoD ist ein moderner Autorenverlag. Jeder Autor kann bei BoD zu überschaubaren Kosten sein eigenes Buch veröffentlichen – der Vielfalt sind keine Grenzen gesetzt: Schulgeschichten und Philosophie, moderne Märchen und Ratgeber finden ihren Platz ebenso wie Sinnsprüche und Zeitgeschehen, das Phantastische wie die alltägliche Realität. BoD macht aus einem Manuskript in kurzer Zeit ein fertiges Buch. Und jeder Leser kann es kaufen, überall im deutschsprachigen Buchhandel und in nahezu allen Internet-Buchshops wie Amazon oder Libri.de. Denn jedes BoD-Buch ist in den für Buchhändlern so wichtigen Großhandelskatalogen zu finden – die entscheidende Voraussetzung für den Bucherfolg.

Informieren Sie sich über Ihre Möglichkeiten auf www.bod.de.

Bibliografische Information der Deutschen Bibliothek:
Die Deutsche Bibliothek verzeichnet diese Publikation in der Deutschen Nationalbibliografie; detaillierte Daten sind im Internet über <http://dnb.ddb.de> abrufbar.

Fotos: Uwe Steinert, Lothar Berg
Zeichnungen: Uta Richter

© 2006 Lothar Berg
Herausgeber: Vito von Eichborn
Herstellung und Verlag: Books on Demand GmbH, Norderstedt
ISBN 10: 3-8334-6075-X
ISBN 13: 978-3-8334-6075-3